二見文庫

書き下ろし時代官能小説

母上の閨室

横山重彦

目次

母上の閨室《ねや》

序　幕

そのお女郎は借りた舟に導いてくれた。

「若さまは、いずくのご家中であらしゃいますのん？」

思いのほか優しい上方言葉《かみがた》に、清亮《きよすけ》はホッとしたものだった。ここに来るまで、きつい目つきの女郎たちに強引にさそわれ、怖気づいてしまっていたのだ。

「若さま、どうぞお舟のなかに」

三十を越えていると思われたが、お女郎の肩や二の腕は若々しい力づよさで、谷間のできた胸の張りが月明かりにまぶしい。

「灯《あか》りをともしますか？　二文ほど別にいただきますけど」

裸の姿を見たいか、という意味である。

「つ、点けてください」

妖しい仕草で小袖を脱ぐと、お女郎の大きな乳房が目の前にきた。豊満な重みと若さの残り香のような弾力のはざまで、危うい緊張感をたもった乳房である。彼女のわずかな動きにたわむ釣り鐘型の肉片に、清亮はしばらく見とれたものだ。

「さわっていいんだよ。ほら、遠慮しない」

「は、はい」

石谷《いしたに》家の分家の二男坊・清亮《きよすけ》は、この夏で十六歳になったばかりである。祖父を烏帽子親《えぼしおや》に元服は終えたものの、昌平坂《しょうへいざか》の学問所に通う以外は日々これ成すことなし。おおやけの役目も家の仕事もなく過ごす、いわゆる部屋住みの旗本奴《はたもとやっこ》である。若い者を暇にしておけば、ろくでもないことになると近所のご隠居に遠まわしに言われるのが彼の憂鬱の種だ。

そんなわけだから、習いごとに通う清らかな少女を見てはため息をつき、年増女の肥り肉《じし》を眺めては股間のモノを硬くしてしまう。もう一昨年のことになるが、ドピュッと骨に感じるほどの衝撃とともに、あれを体験してからの彼は男に生まれた懊悩《おうのう》をかさねている。

そして思い立って出かけたのが、元吉原（人形町）に近在する岡場所であった。岡場所というのは、いわゆる私娼である。そのうちの、水路に面したところに舟を借りて客を取る、悪河岸《あくがし》と呼ばれる夜鷹が清亮の筆おろしの女人となったのだ。相手はとうに三十を越えた風情の妖艶なお女郎だった。

肌脱ぎになると、お女郎はぞんざいな口調になった。それが彼女の身につけてきた性根なのか、恥じらいを隠すための大胆さなのかは、清亮にはわからなかった。

「どうしたんだい、さわらないのかい」

清亮は遠慮なく、やわらかい女の脂肉を指さきに堪能した。弾力と重みが指の感触を満たしてくれる。朱に染まっている乳首が指にからみ、お女郎がせつなそうに喘いだ。

「ん、うんっ。じょ、上手だねぇ。きっと、女泣かせになるよ」

「舐めても」

「あい、吸っておくれ」

グミのように膨らんだ乳首を口にふくむと、コリッとした感触で歯にあたった。かまわず根もとまでしゃぶりついた。

「んはぁ」

お女郎はしばらく恍惚とした表情で、清亮が舐めるのに合わせて喘ぎ声をもらした。

「んぁ、あんっ。堪らないねぇ、そんなに美味しそうに吸われたんじゃ。じゃあ、下のほうも愉しませておくれよ」

こんどは鉄火場をしきる女博徒のような身のこなしで、赤い湯文字をたくし上げた。白磁のような太ももはざまに、漆黒の飾りがのぞいた。

「ふふ、玉門《ぎょくもん》を見るのは初めてかえ？　そうだ、下の毛は生えそろってるのかねぇ」

もう若さまとは呼んでくれそうもないので、清亮は気持ちが萎縮するような居心地の悪さを感じた。

しかし、股間だけは猛り怒るがごとくに、いきり立っている。お女郎に指摘されたとおり、まだ生えそろっていない股間を剝き出しにしたのだった。

「あらまぁ、立派なものじゃないか。ちゃーんと鰓《えら》が張って、さぞかし女を気持ち良くさせてくれるんだろうねぇ」

「ど、どうですかね」

清亮はあわただしく腰を突き出して、お女郎の太ももを抱えた。すぐ目の前に、いまだ彼には謎の実物がある。漆黒の繊毛が貼り付いたそこは、よくわからない……。


　わからないまま、清亮の腹が女の腹とかさなった。そして、あきらかにヌルリとした感触があった刹那、清亮は激しく腰を震わせていた。

　女の腹のうえには、ビッシリと吐き出した精が付着している。まだ清亮の律動は終わっていない。

「ほほほ、初めてはこんなもんさ、女の身体に触れるのも初めてだったんだろ？」

「は、はい」

「ふふふ、ちゃんと先っぽが触れたんだから、めでたく筆下ろしさね」

　お女郎は手ぬぐいで腹に付着したものを拭き取りながら、やさしい笑顔で祝ってくれたものだ。

「若さま、おめでとうやし」

　清亮は彼女のやさしさに救われ、絆《ほだ》される思いだった。そんな気分が彼を積極的にした。

「指人形をつかって、なかをさぐっても、いいか？」

「あたしのなかをかい？　ほほほ、十年早いよ。ガキのくせに、あたしを言いなりに従わせたきゃ、女を悦ばせる身体になってからおいで」

悄然としながらも、ひょいと湯文字をからげたお女郎の妖艶な風情に、清亮は股間のモノがムクムクと頭をもたげるのをみとめた。

「おや、若いってのはいいねぇ。お代はあるのかい？ そうだ。特別に女の泣かせ方を教えてやってもいいんだよ。どんな女だって、あんたの言いなりに出来るよ。完璧に習熟するまで、二朱で請け負ってあげようかね」

二朱で八分の一両であるから、現代の価値では一万円をこえるほどであろうか。

「い、いえ……。二朱なんて、いまは持ち合わせが」

「ふん。じゃあ、また出直してくるんだね。夜鷹のお蝶《ちょう》といえば、ここいらじゃ有名さね。あんたのことは覚えておいてやるから、また訪ねておいで」

煌々《こうこう》とともる炎のむこうに、まるで濡れたように輝く黒髪があざとい。清亮は女というものを初めて間近に見た気がした。それは母親や伯母たちには感じたことのない、艶《なまめ》かしくも挑発的な女の匂いだった。

だが、そんなことが契機になったのか、清亮はその同じ艶かしい女の匂いを、身近な女にも感じるようになったのである。それと気づいたのは、後日、久しぶりに従姉の清女《きよじょ》がやってきたからだ。

第一幕　女郎の媚薬

一

清女は同い歳の従姉である。その日はちょうど、外神田にある御徒組《おかちぐみ》の屋敷から母親とともに、茅場町《かやばちょう》の下屋敷を訪ねてきたのであった。

生まれた日もわずかの違いで、ものごころついた時期からいっしょに遊ぶことが多かった。それというのも、本家の石谷貞清《さだきよ》が将軍家から麻布に隠居御殿をたまわり、そこに孫たちを遊ばせる機会をつくることが多かったからだ。

いまや楽隠居の石谷貞清は北町奉行をながらく勤めた大身《たいしん》の旗本で、現当主の石谷武清《たけきよ》も御徒組頭《がしら》へと席次を進めている。いずれは御目付となるのは間違いなく、あるいは幕閣の上位に名を連ねるであろうとも言われている。清女はその武清の愛娘で、いわば本家のお姫様《ひいさま》ということになる。

「亮《すけ》さま、お久しゅうございます」

両手をついて挨拶をされたとき、清亮は思わず清女の胸もとに見入った。しばらく見ないうちに、大きく盛り上がった胸の谷間が深みをつくり、おそらく彼女はそれを意識して見せたのにちがいない。清亮は無意識に人形町のお女郎の乳房と比べてしまい、股間を硬くさせた。

「何カ月ぶりでございましょう、亮さま」

思いがけず、男女の敷居を感じさせるていねいな挨拶だ。

「はぁ、かれこれ半年にもなりますか。御徒組のお屋敷の暮らしは、どうですか?」

「それはもう、窮屈で仕方がありません。やっぱりあたくし麻布が懐かしいです。茅場町もいいですね、広々としていて。最近の外神田は屋敷がたて込んで、息苦しくてなりません」

当主の石谷武清も御徒組の頭であれば、内堀の界隈に上屋敷をたまわってもおかしくないが、このところ町人と喧嘩沙汰が多い旗本・御家人の取り締まりをかねて、役宅として構えたのが外神田・御徒町の屋敷である。

「麻布の学問所のほうへは、まだ通っているんですか？」

「まさか、あんな遠いところ」

清女が座りなおしたので、艶のあるふくらはぎが見えた。麻布の学問所というのは、旗本御家人の子弟のためにつくられた初等教育の学校で、清亮と清女は祖父の言いつけで十一の歳になるまで通っていた。

「いまは、麹町《こうじまち》の学問所からお師匠さまがやってきて、近所の女子ばかり御徒組屋敷の広間で学んでいます。ですから、話をするのはお姫様ばかり」

「それじゃ、籠の鳥じゃありませんか」

清亮が同情の念をしめすと、清女はかえって反発した。

「そんなことはないわ。伝通院《でんつういん》の壇林《だんりん》で仏話を聴いたり、有楽庵に茶道の稽古に通ったり、増上寺《ぞうじょうじ》にも月のうち二度は参拝します」

「なぁんだ、けっこう闊達ではありませんか。それを聞いて安心しました。で、まだ縁嫁《えんか》の話はないの？」

訊き出したかったのは、じつはこれである。

「もしかしたら町娘みたいに、付け文《ぶみ》をもらっているのでは？」

「まさか、そのようなこと。外に出るときは婆やがいっしょだし。こうして殿御《とのご》と会えるのは、亮さまくらいなもの」

「そうなのですか」

「亮さまこそ、昌平坂に通ってらっしゃるのだから、外神田の屋敷に顔を出してくれてもいいものを。ご無沙汰ばっかり」

小袖の裾から、香を焚《た》きしめた匂いがする。

「ここでは、話しにくいわ」

と、清女が表の様子を気にした。

夜はひっそりとした屋敷だが、本家が北町奉行という役目がら昼間は役目のある町人の出入りや来客も多い。

「わ、わたくしの部屋に、いらっしゃいませんか？」

清女がそれを求めているのだと、清亮には確信めいたものがあった。

姉弟のように、あるいは兄妹のように育てられた懐かしさだけではない、二人だけにわかる無言の合図。それは他の兄弟姉妹にはない、不思議な感覚なのだ。

このごろは朱子学の教えが武家の生活作法にもおよび、家族といえども男女が席や食事をともにしない倣《なら》いが流行っている。こうして従姉弟同士が語らっているのも、親から咎められる風潮なのだ。清亮の提案は、その意味では男女の密会を意味している。

二階の奥まった居室に入ると、清亮は思いきって清女の手を握りしめた。

「会いたかった」

「あたくしも。ほんとうに、久しぶりにお会いできて嬉しい」

懐かしさにこめた、言葉にしがたい告白だと清亮は受けとめた。同時にそれは、異性への憧れがそのまま、あることへの興味へとつながっている、この年頃ならではの符丁となるはずだ。

清亮は確信をもって、清女を胸に抱きとめていた。彼女のほうから飛び込んできた格好になった。

「亮さま……。立派なお身体になられて」

と言う清女の言葉の端には、姉がわりを任じるところが感じられた。重みを伝えてくる彼女の胸の豊かな感触、あるいは肩ごしに眺められるたおやかな臀部のふくらみに、清亮は気おくれを感じざるをえない。

もしかしたら、清女どのはすでに男を知って……？

甘く匂う体臭のなかに、清亮はそんな気配を感じてしまっていた。たとえば有楽庵での茶会の帰りに、番所の役目があけた若侍たちに誘われて待合茶屋に入ってしまったり、酒宴の給仕で見初められて寝所に押し入られたのかもしれない。

あの悪河岸のお蝶という夜鷹の身体に触れて以来、女の肉体が男に発散してくる独特の匂いを意識するようになっていた。そんな意識が、思いがけないことを彼に言わせた。

「じつは、清女どの。それがし、その……すでに、女人を知っているのです。女人の身体を」

清女が怪訝《けげん》そうに顔をくもらせた。

「清女どのに、手ほどきを、いたしましょうか」

「亮さまったら、何をおっしゃってるのかしら。あたくしだって……。亮さまは、あたくしのことを、未通女《おぼこ》とお思いになっていらっしゃるのでしょうね？」

「えっ！」

「ご自分だけ大人ぶらないでください」

ガーンと、頭を薙刀《なぎなた》で打たれたような気がした。清女の言葉に、清亮は動揺を隠せない。

そんな清亮の率直な反応に、清女が意地悪くわらった。

「ほぉら、うろたえておいでです。そんな亮さまが、女人の身体を知ってるなんて、あたくしには信じられません」

清亮の困惑を愉しむように、清女が島田髷の髪をほどいた。

「おなごの髪に、触れたことは？」

清女が大きく首をふったので、やわらかい長髪が清亮の鼻腔をくすぐった。

「あ、ありますとも」

清亮が慌てるさまを、清女は愉しみながら笑っているようだ。

そして、やおら小袖の帯に手をやると、それをスルリと抜き取った。畳の上にハラリと小袖の裾がくつろいだ。

「な、何を？」

すぐ目の前に、艶やかな太ももがあった。

「亮さま、好きよ。清女のこと、ご覧になる？」

「……き、清女どの」

清女がゆっくりと湯文字をずらし、なまめかしい下腹部を晒したのである。

「いかが？」

煙るような下の髪がそよぎ、それは清亮の生えかかった頼りないものとは比較にもならない、大人の女の徴《しるし》だった。

逆光になっているので、女の構造それ自体がどうなっているのか、清亮にはよくわからない。白い素肌に思いのほか濃密な女の徴が印象的で、しばらく息を殺したまま清女の下腹部に見入っていた。

「触ってみますか？　亮さま」

「は、はぁ」

しかし、清亮は手を動かせなかった。清女の肉体の成熟をまのあたりにして、気おくれしてしまったまま動けない。

「ほら、やっぱり初めてなんだわ。あたくし、安心いたしました」

「……」

動けない本当の理由は彼の身体が知っている、暴発しそうな気配だった。

「臆してらっしゃるのね、可愛らしいこと」

「わたくしだって……」

「わたくしだって、何なのです？」

さすがに、お女郎を相手に経験したとは言えない。ましてや先端が触れた瞬間に漏らしてしまったとは、口にすることはできなかった。

「亮さま。玉門に触る前に、口を吸ってくださいまし」

清女がせつなそうな声で訴えた。

未通女かどうかは、もうどうでもいいと思えた。いまは清女が見せている女っぽい肢体と、匂いたつ妖艶な香りに酔ってしまっているのだから。

「で、では」

清亮が肩を抱くと、清女は受け口の唇をかさねてきた。清新でみずみずしい、潤いに満たされる接吻だ。やがて舌先が絡み、お互いの口腔をたしかめるような接合感にひたった。

屋敷に住み込みの若侍たちが隠し持っている春画を盗み見ておぼえたのか、それとも本当に誰かに教えられたのか。清女の口吸いは堂に入っている。

それにしても、言葉のない時間がこれほど安楽で、心地よいものとは思ってもみなかった清亮である。その心地よさが彼の冒険心をあおった。清女の裾を裏側からめくり、指先を彼女の内部へと進めた。

「んっ、ふうっ」

唇をかさねたまま、清女が喘ぎをもらした。

ヌルリとした感触の奥に、ザラリとした肉粒を指先に感じた。これが、女人の玉門の中……。初めてふれる女陰の感触に感極まって、そのまま暴発しそうな股間から力を抜いた。

「ダメよ、まだ」

暴発の気配を清女が言い当てたのかと、清亮は思わず身体を硬直させた。

だが、そうではなかった。清女はゆっくりと清亮の手首をつかみ、身勝手な凌辱の指先を戒《いまし》めたのだった。

「まだ、はやいわ。順序があるの」

「そ、そうか」

もう清亮は、彼女に主導権をわたすつもりだった。みごとな女人に成長している、清女のすべてを知りたいと思った。

二

長い口吸いを終えると、清女が小袖の袷《あわせ》をひらいた。すぐに手で隠したが、大きな乳房は覆うべくもない量感である。あふれる肉のたわみを、清亮は下からささえた。

いつのまに、こんなに大きく……。清亮は頭がクラクラするのを感じながら、豊かな双球をささえるように持ち上げてみた。

目が合うと、清女が視線をそらしながら言った。

「吸っても、いいわ」

「う、うん」

清女が目を閉じるのと同時に、清亮は彼女の胸の頂きを唇のなかに吸い込んだ。コリッとした硬度が、彼女の緊張と興奮をつたえてくる。

清女が頭を抱きしめたので、清亮はいっそう深くしゃぶりついた。

「んあっ、気持ちいい」

唾液を送り込みながら、屹立した乳頭を吸い上げる。それは隣家の長屋の若い町人夫婦が、ひと目をはばからず睦《むつ》み合うときの前戯だった。佳境に入ると襖を閉めてしまうので、清亮はいつもそこから先がわからない。

「ああん、溶かされてしまいそう。亮さまは、おなごの扱いを知っているのね」

「そ、それほどでも」

もう背くらべの意地の張り合いや、少年少女の駆け引きはそこになかった。大人の女の入り口にさしかかった娘の情熱と、欲望の抑え方を知らない若侍の好奇心があるばかりだ。

「んあっ、んんっ」

清女は声をはばからない。それが男を奮い立たせ、いっそうていねいな愛撫で愉しませてくれることを知っているのだろう。

「亮さま。うしろから。しっかり抱いてくださいまし」

「こ、こう?」

背中から抱かせて、豊かな乳房を両手で揉ませようというのだ。何ごとも男に遠慮しない、清女の闊達さである。

「ああん」

悪河岸の夜鷹ほどではないが、清亮には十分大きいと感じさせる乳房だ。もてあましながらも、背後からタップリと揉み上げては、その先端の薄紅色の突起を指でつまむ。

「あはぁ……っ!」

髪を掻き上げながら、清女が首すじを押し付けてくる。そこに接吻しろとうながしているようだ。

「こ、こうですか？」

うなじに舌を這わせると、清女が肩をブルッとふるわせた。

「そうよ、あっ、あぁん、もう堪りません」

清女の悶えわななく姿を手がかりに、清亮は女人の身体をいつくしむ技を覚えようと思った。清女のなまめかしい反応に、心の臓がドクドクと激しく突き上げてくる。

この部屋からときたま垣間見る、長屋の若夫婦のしどけない睦み合いも、こんなふうに進んでいくのだろうか。

清女が小袖から腕を抜いたので、彼女の美しくふくよかな乳房が丸出しになった。恥じらいに目を伏せながらも、乳房を隠そうとはしない。

何と魅力的で、男の目をいやでも惹きつけるものだろうかと、清亮は感動した。そして、いまや猛烈な欲望になって覗き見たい箇所の、不思議な誘惑が鼓動を高める——。清亮は股間のモノが痛いほど硬くなっているのを意識した。

「清女どの。ゆ、湯文字を解いてても？」

「いいわ、お好きになさって」

清女の許可を得て、清亮はゆっくりと彼女の腰に手をやった。いよいよ、いよいよ清女の最も大切な部分を眼前に見られるのだ。

「正面からでも、いいですね？」

「まどろっこしい亮さま。どうぞ、お好きなように」

清亮は清女をななめ抱きに、彼女の太ももをくつろげていった。清女は顔をそらしながらも、清亮がするにまかせている。暗いなかで、清女の三角州があきらかになった。

ムンと匂う女の体臭に、あらためて大人のものを感じる。男を圧倒するような匂いに、頭が朦朧としてきそうだ。男の本能をとりこにする蜜のような匂いにまさる汗の芳香が刺激的だ。その源泉を観察してみたい。

「ちょっと暗いですね、襖を開けます」

清亮が西日のあたる襖を開けようとすると、清女がわずかに抵抗した。

「駄目です、亮さま。人に覗かれてしまいますよ」

「う、うん」

清亮はやむなく、清女の股間の丘に目を凝らした。

やはり、自分のものとは比較にならないほどの密度で、やわらかそうな繊毛が密集している。その逆三角形の頂点に、わずかな裂け目が見えている。

これが、女人の……。

「いかがです？　あたくしにも、よくわからないんです」

「そうですか、探索のし甲斐があるというものだ」

女陰の複雑怪奇な様相に、男女の深い闇を感じた。複雑といえば、男として太い竿の仕組みをきちんと説明できるかと問われたら、やはり「よくわからない」と答えるしかない清亮なのである。

几帳面な性格の清女は、顔を伏せながら精いっぱいの解説をしてくれた。

「それが、たぶん雛尖《ひなさき》というものでありましょう。いちばん感じるところなのです」

「これが……、真根《さね》ともいうそうですね？」

清亮は遠慮なく触った。

「んあっ！」

清女の腰が鞭打たれた馬のように浮いた。ちょうど露出していない竿と同じなのだろうと、清亮はその粘膜の感触をたしかめた。

「んあぅ！　お、おやめください！」

さらにその突起に触れようとする清亮の指を、猛烈ないきおいで清女が払った。

「も、もっと、やさしく触って」

「は、はい。では、よく見えるように」

「あぁっ！」

恥ずかしがる清女の太ももをからげて、清亮は切り出した白木のような肌に舌を這わせてみた。太ももの外側から内側に、ためすような舌技をつかってみる。

「んんっ、んあはぁ」

身悶えながら、清女が手をにぎりしめてきた。そんな反応が清亮を積極的にさせた。

「清女どのの肌は、吸い付くようになめらかですね。舐められている感想を、お聞かせください」

「そ、そんな……」

じきに太ももの付け根にある、繊毛に縁どられた女の湿地が目の前にせまってきた。さっきよりは暗さに目がなれたものの、やはり複雑怪奇な構造でよくわからない。にもかかわらず、そこに惹きつけられる不思議――。

清亮は股間が痛いほど硬くなるのをみとめながら、その湿地に舌をつけた。

「んあぅ！」

清女の腰がブルッとふるえた。

ちょうど鶏冠のような部分の内側に舌が触れて、ザラリとした温かい感触がある。さらに舌先を奥に進めて、左右の鶏冠に包まれる格好になった。清女は、と顔を上げて見ると、恥ずかしさと悦楽のはざまで身悶えるかのような風情だ。

「んんっ、亮さま」

左右に分かれた鶏冠の結び目に、さきほど清女が馬のように嘶《いなな》いた箇所が、プックリとにぶい光沢のまま突出している。清亮は鼻先でそれをくすぐるように、舌を彼女の内部に進めた。

「んあっ、ああん」

どうやら入り口が感じるらしく、キュッと締め付けてくる。清亮の唇が清女の鶏冠と口吸いをする格好になり、潮っぽい粘膜の味わいが口のなかにひろがってくる。さらにひとすじ、甘美な粘液が湧いて清亮の舌先をみたした。

これはまるで、甘露な泉……。

清女も甘い気分になっているのだろう。清亮の手を胸にみちびき、乳首に刺激を求めてくる。熱をおびて硬くなった蕾は、あたかも乱暴な凌辱を求めているかのようだ。

清亮はいったん身体を伸ばして、清女のもとめに応じた。乳房を揉みたて、そのいただきに舌を絡めて吸引する。それは懐かしい思いがする、母親の記憶であろうか。しばらく清亮は夢中になっていた。

清女もしばらく可憐な乳首が蹂躙されるのにまかせていた。弾力を愉しみながら、過敏に反応する箇所をさぐりあてる。

「んあぁ、あんっ」

ここぞと探りあてた箇所を、何度も間欠的に責める。

「堪《たま》りませぬ」

この戯れのような時間は永遠に続くのではないかと、清亮には思えた。執拗な愛撫をくり返しながら、肌を合わせる心地よさにおぼれる。

「どうです？　ここは」

「んはぅ、んっ」

清女が恍惚とした表情で、唇を噛みしめている。その風情が清亮の欲望をかきたてる。

昌平坂の学友の話では、女は男の何倍も深い悦楽に堕ち、ときには気をうしなうほどの絶頂を極めるのだという。どんなに取り澄ました女人も、男の性技しだいで失神するという。清亮はそれを試してみたくなった。

痛いほど硬くなっているものの尖端を、女陰の裂け目から雛尖にかけてなぞるように動かしてみる。なめらかに滑り、何とも心地よい。雛尖にふれた瞬間、清女の腰がビクンとふるえるのがわかった。

その反応に誘われながら、グイと押し付けてみた。

「んあぅ！」

さらにひと突き。まだ、玉門の上で性感の芯と思われる箇所を突いているだけなのに、清亮は清女を自在にあつかっているような気分になった。

「亮さま、もう！」

熱く猛るものに、清女が指を添えてきた。

「清女どの……」

その扱いは手馴れて感じられる。

「きて」

だが、清女の手助けはかえって仇《あだ》になった。清亮は彼女の玉門に入った瞬間に、はげしく収縮して精を吐き出したのである。

「あああっ」

清亮の吐き出したものが畳の上に立体をかたちづくった。容易には終わらない激しい収縮に、清亮は忸怩《じくじ》たるものを感じた。お蝶とのときと同じだった。思わず気まずさが顔に出てしまう。それと察した清女が、ゆっくりと腕をからめて肩を抱きしめてきた。

「心地ようございます」

果たせなかった男への配慮としては、女に出来るのはそれ以外になかったことだろう。だが、清亮は痛く傷つけられた気分だった。

そして身体の重みを気づかった清亮が身体を反転させると、清女は彼の目の前で身悶え始めたのだった。点いてしまった官能の炎を鎮めるがごとく、それはあきらかに自瀆《じとく》行為だった。

「見ていてくださいまし。清女は、ふしだらな女かもしれません」

「……」

彼女は胸の膨らみを抱きしめ、指で雛尖を圧迫している。そしてそのまま、嗚咽をもらしながら没我にいたったのである。清亮はしばらく、女がひとり燃えさかる姿をながめた。なんとも神々しい、美しい姿だと思った。

「亮さま、亮さま！」

太ももをグッと締めたまま、清女はおんなの悦びを嚙みしめている様子だ。やはり男の何倍も深い悦楽に堕ちているのだろうか。

昌平坂の悪友の話では、女人の性感は男に開発されてはじめて悦びに至るのだというう。そうでない場合は、偶然に知った自瀆で悦びを発見してしまうのだとも。そしてその場合、生来の淫乱症である可能性が高いと、悪友は得意そうに言ったものだ。

だとしたら、清女は生まれついての淫乱症なのか……？ いやいや、慎みのある清女が人生を謳歌するがごとくに睦み合いを好むのであれば、それはそれでいいではないかと思う。これまで以上に、そんな清女のことをいとおしく感じた。

それにしても、このままではいけない。お蝶に乞うてでも、女子を泣かせる方法を、そして満足させる技を覚えなければ——。


ややあって、清女が寝物語のように言った。

「亮さまは、妙枝《たえ》おばさまが江戸に下られるとの話、ご存じ？」

「妙枝おばさまが？ そうですか、あのお美しい」

妙枝という叔母は、先代の石谷貞清の三女である。三十歳だが良縁にめぐまれず、近江にあって在番衆《ざいばんしゅう》の身の回りの世話に従事しているという噂だ。

「あたくし、妙枝おばさまによく似ていると、女中たちに言われるのです」

「たしかに、わたくしもそう思いますが」

上の伯母景子《けいこ》、清亮の母親光子《みつこ》とくらべても、叔母の妙枝の美貌はきわだって美しい。いると思う。そして目の前にいる清女も、一族の女のなかでは飛びぬけて美しい。とくに滑らかに通った鼻すじや、風をおびているように柔らかい黒髪、そして受け口の魅力的な唇。さらに言えば、伸びやかな姿勢が醸し出す、一種独特の上品な色香――。

「それで、母上にそんなことを話すと、ものすごく怒るのです。二度と口にしないようにと、それはもう厳しいの」

「あの伯母さまが、怒る？」

伯母の景子は至って温厚な女性で、清亮が本家に顔を出すときなどは必ず笑顔で歓待してくれる。やさしさが魅力的な女人なのである。

「何か、秘密があるのではないでしょうか」

「秘密が？　景子どのに？」

清女は思いつめている風情だ。

「実はあたくし、いま調べているところなのです。ああ、もう帰らなければ。亮さま、またこうしてお会いしましょうね」

清亮のほうは、そんな清女の悩みにただちには親身になれない状態だった。お蝶に、女子の泣かせ方を学んでこなければ、清女との二度めのまぐわいが危ういと思うのである。

三

「やっぱり来たんだね、若さま」

清亮の顔を見るなり、夜鷹のお蝶は愉しそうにそう言った。

「二朱、たしかに受け取ったよ」

花代の二朱銀をお蝶に握らせると、清亮はあわただしく彼女の首筋に吸いついた。

「せっかちだねぇ」

お蝶の胸に手を入れ、豊満な乳房をつかんで女の感触を実感してみる。このほとばしる性欲を使いこなすために、男の技量を得なければならない。

「ちゃんと、おなごの悦ばせ方を、教えてください。その、すぐに吐き出してしまったのです」

「あらそう、まだ若いんだから仕方ないさね」

「ああ、わたくしとしたことが、このような色事に溺れて……しかし、どうにも堪らないのです」

学問もうっちゃって、こんな処で女郎に言い寄っている自分について清亮は迷いを口にしていた。

「あらまぁ、悩ましい若さまだこと。本格的に色事に目ざめるのはいいことだよ。しょせん、世の中は男と女さ。働く意欲も出世の欲も、好いた女子のため。女の苦労はすべてこれ、慕う男のためさ」

お蝶が乳房を揉ませながら、清亮の手を股間にみちびいた。

「そ、そうですか」

「あたしたちがこうやって客を取ってるのも、食べるためだけってわけじゃないんだよ。若さまみたいないい男がやってくるのを、そりゃ愉しみにしてるのさ。さっ、そんな狩衣なんか脱いで、もそっと楽におし。まずは気持ちを解き放つんだよ」

清亮は言われるままに、褌一枚になって堤燈の灯りをともした。

「二文でしたよね」

「ふふふ、あたいを見たいのかい。嬉しいねぇ」

そう言いながら、お蝶が肩脱ぎになって豊満な乳房を見せた。

きのう見た清女の若々しい弾力とはまた違った、年増女ならではの重みがにぶく輝く。清亮はかまわずその重みのある肉房を鷲づかみにした。そのいっぽうで、女の秘壺の入り口に指を這わせる。

「ふふ、せっかちだねぇ。今夜は若さまひとりに尽くすことに決めたよ。女を泣かせる技をたっぷりと教えてあげようじゃないか。覚悟はいいかえ?」

「は、はい」

「まずは、女子の首すじを吸うんだよ。あたいの反応をみながら、ここぞという急所を探してごらんなさい」

それは清女とのつたない睦み合いのなかで、彼女に誘われるように愉しんだ行為である。清亮は迷わずお蝶の耳の下に舌を這わせた。

「あっ、んんっ」

すぐに反応があって、清亮はその途端に股間のモノが弾けるように硬くなるのを感じた。また先走ってしまいそうだ……。女子を泣かせるよりも、先走らない方法を教えてもらいたいものだと思う。

「上手だわ、そこよ若さま。んふぅ、はあっ」

お蝶の喘ぎがそのまま脳天に直結して、清亮は暴発しそうになった。

「お蝶さん。出してしまいそうで」

「おやまぁ。うんっ、まだだよ。ふ、ふんっ」

お蝶が喘ぎながら、清亮の股間をまさぐってきた。褌をほどきながら、片手で脇に置いた巾着から薬のようなものを取り出している。

「だいじょうぶだよ、ちょいと、とっておきの薬を塗ってあげるからね」

「なっ、何を？」

ひんやりとした感触で、やがてモノの先端が痺れた。さらに冠状部に冷たいものが広がった。

「何だか、ひんやりとしたような」

「気持ちいいだろ？　こいつがあれば、先走ることなんざないさ」

「……だいじょうぶ、ですか」

清亮が耳をしゃぶりながら囁くと、お蝶がせつなそうに口をひらいた。

「んはぁ……。曼荼羅華《マンダラゲ》（チョウセンアサガオ）さね。曼荼羅華の汁に薄荷《ハッカ》を混ぜて、葛《クズ》と一緒に煮詰めたものさ。塗ってしばらく乾かしてから、女子の玉門に入ってごらん。ちょっとやそっとじゃ、精を吐き出すことはなくなるからね。いわば鋼《はがね》の魔羅さ」

すぐに効果のほどは明らかになった。カチンカチンに硬くなっている清亮の息子は、いつもの過敏さをなくしている。少なくとも、玉門の前で暴発してしまうことはなさそうに思える。

「な、何となく、いい感じだ。これなら長持ちしそうです」

「そうだろ。余分にあげるけど、お代は安くないよ」

磐石の自信からか、モノがギンギンになっている。清亮は一刻もはやく試したくなった。

「も、もう入っても？」

「え？　いいわよ」

もっと首すじを吸ってもらいたいのか、あるいは乳房への刺激をもとめているのか、お蝶が自分でも迷うように身体を入れ換えて脚をひらいた。

「あ、ちょっとお待ち」

と、ふたたびお蝶が巾着に手をのばした。

「どんな女でも、狂わせる薬があるのさ」

「どんな女でも？」

「悪さに使っちゃ駄目ですよ、若さま」

お蝶はそう言うと、清亮の口に指先を立てた。

「これを口に含んで、おなごの乳に溶かすように塗ってごらん。あとで下の口にも試してみるといいよ」

「これは？」

「如意丹《にょいたん》といって、山芋と陸芹《オカぜり》、蜜柑《みかん》の皮を磨り下ろして調合したものさ。うっかり自分のアソコに付けると、堪らなく痒くなるのさ」

お蝶の指から如意丹なる刺激系の媚薬を口にすると、清亮はすでに真っ赤に膨らんでいる彼女の乳首に接吻した。女の皮膚を溶かすように舐めては、その毛穴に如意丹を擦りこんでいく。

「ああん、怖いわ。若さまのすばやいこと」

さらに擦り込んだ毛穴を丹念に舐めてゆく。女の性感の芯を洗いざらい剝き身にしてしまうかのように、清亮は徹底的に肌を舐めた。

ややあって、お蝶がはげしく身悶えた。

「若さま、はやく抱いてくんなまし」

お蝶は一刻の猶予もならないという風情だ。

「ああっ、後生だから抱いておくれよ！　若さま」

清亮はためらうことなく、腰をグイと進めた。春画で学んだ要領で、魔羅を押し立てて女芯を切り裂く。

「ん、んあぅ！」

自分でも信じられないほどの快楽と挿入感だ。女の肉襞が吸いつき、一枚一枚めくれて反転する微細な動きまでも、清亮の冠状部は捉えている。

「ふっ、ふぐぅ！」

お蝶の本物の喘ぎが、清亮を勇気づけた。曼荼羅華の効能が清亮を強気にした。これでいい、これで女子を支配することも不可能ではなくなったのだ……。清女どのに遅れをとることもないだろう。

初めて女体のなかに入った感激を、もはや清亮は口にするのをはばからなかった。

「ああ、気持ちがいいよ。なんて気持ちがいいんだろう、お蝶どの」

「若さま……」

「うわっ、締め付けてきた！　あぅ、お蝶の入り口が、大変なことに。く、喰い千切られそうだよ」

みずからの挿入を実況中継しながら、清亮はお蝶の愉悦の表情に見入った。

なんと美しくも悲痛な表情だろうと思った。世の末を目撃したかのように悶え苦しみながらも、心地よさを噛みしめている。苦痛と快楽のはざまに耽溺してなお、美しい相貌で魅惑する。あたかも、逃れられない宿業のゆえに、悦楽の劫火《ごうか》に焼かれるかのごとき女の美しさ――。

力をこめた女の爪先が、ビクッ、ビクンと痙攣している。乳房と下腹部に泡立つような汗が浮び、玉門だけがジュボッ、ジョボッと淫猥な音をたてる。

その汗の理由と音の由来が、ほかならぬ自分の魔羅によるものだと思うと、清亮は大人の男になった実感にふるえた。百戦錬磨ともいうべき手練の夜鷹を相手に、堂々と渡り合うばかりか、いまや相手を屈服させる寸前まで追い込んでいるのだ。

「どうだ、お蝶」

などと、言葉も高飛車なものになった。

「どんな心地じゃ？　申せ」

「わ、若さま……、こ、心地ようございます」

さらにパンパンと音をたてて、豊満な臀部に打ちつけるように反復する。

「どうだ。気をうしなうまで、よがるがよい。お蝶の死に水は、わたくしがとってやるゆえに」

「何を、わけのわからないことを、若さまは」

と反駁《はんばく》しながらも、お蝶はもう夢みごこちの様子だ。清亮は追い込みに入った。年増女の肩を両手で引き寄せ、接合部を垂直にして突き上げる。

「んあぁ！」

お蝶が腰をゆすって逃れようとしている。このままでは、正気をうしなってしまうと思っているようだ。

「若さま、もう、はやく」

早く精を噴出して、終わってくれと言いたいのであろうか。お蝶の降参の言葉が、清亮をいっそう残酷な凌辱に駆り立てた。

「それ、お前が失神したあとで、ゆっくり精を解き放ってやるよ。気が付いたら、また何度でも極楽に送ってやる」

自分の言葉とは思えない尊大さに、清亮は怖ろしいものを感じた。

「そんな……、若さま」

つぎの瞬間、清亮はお蝶のなかから分身を抜き取った。

「ああん、若さま……」

むなしく身をよじる女郎の姿に、清亮は思わずせつないものを感じた。

それは咄嗟に思いついた、瞬間的な本能の動きかもしれないと、清亮には思えた。あさましく悦楽を求めてくる年増女を苛めてみたくなったのか、それともそんな彼女の姿に女の美しさを感じたのか、判然としない思いのなかで清亮はふたたび挿入した。

「ああっ、若ぁ。焦らさないでおくれ」

ふたたび深く突いて、子壺の入り口を圧迫してみる。奥のほうでキュッと締め付ける動きがあるのを、清亮は分身の先に感じた。

「まるで別の生き物がいるみたいだ」

つぎの瞬間、清亮はスッと抜き取った。お蝶の玉門がむなしく嚙みしめられている。

「ああん、若さまぁ」

なじるような年増女の声が、じつに愉しい。

「本当にもう、蛇の生殺しじゃありませんか。いけすかない」

「はははっ、こいつは愉しいや」

清亮はいっこうに差し迫らない魔羅の感度をいいことに、この美しい年増の女郎をいたぶるつもりだった。曼荼羅華と如意丹さえあれば、どんな女子も思いのままに虜にすることが出来るかもしれない。

清亮の三度目の挿入で、お蝶は喜悦の表情で脚を巻きつけてきた。もう絶対に逃すものかという女の意地であろう。

「んはぅ！　もっと、奥まで突いておくれ」

「うはぁ、しっかり捕まえられちゃったな。強欲だなぁ、お蝶さんは」

「ここまで悦ばしておいて、生殺しはゆるさないよ！」

みずから腰を動かし、子壺で悦びを堪能しようという勢いだ。

だが、そのしどけない風情は清亮をますます残酷な気分に駆り立てた。泣いて乞うまで、生殺しの状態で女の肉体が狂うのを愉しみたい。清亮は女を支配する天魔の悦びに憑《つ》かれていた。

四

何度か挿入しては、なかに留めようとする女を裏切るように、ニュポンと音を立てて抜く。悔しそうに嚙みしめる女陰の形がいとおしい。

「若さま、つれないことを……」

「そう簡単には逝かせてあげないよ、お蝶さん。魔羅が欲しかったら、這いつくばって泣いて乞うんだね」

信じられないことに、残酷な言葉が清亮の口をついた。

「何だって……?」

お蝶の驚いた反応が清亮を高飛車にした。

「嚙みしめても嚙みしめても、風車のように空回りする地獄にのたうちまわらせてやるよ」

ニュプリと挿入しては、女が締め付けてくるところを抜いてしまう。どんなに締め付けても、潤沢な淫液がヌルリと男のモノを逃がしてしまう――。

「残念だね、お蝶さんの下の涎《よだれ》がほら、こんなに」

お女郎が分泌してしまった淫液をかざしてみせる。

「わ、若……」

「これが、お蝶さんの宿業の魔液ですよ」

清亮が指先に付いた「魔液」を舐めると、お蝶は激昂した。

「なっ、何てガキなの」

怒りにふるえた女の怖いほどの美しさに見とれ、発情を抑えられない哀しさに心を震わせていた。

そうしているうちに、さらなる悪巧みが清亮をとらえた。お蝶を組み敷いたまま、彼女の玉門に如意丹を塗りこむというくわだてだ。ちょうど、蛤貝に入れた軟膏状の如意丹が目の前にある。

自分の乳房を揉み上げているお蝶の手をとると、清亮は彼女の口を吸いながら蛤貝の中身を指にすくった。そしてそのまま、お蝶の縦割れのはざまに滑らせたのである。

「あ！　な、何を!?」

お蝶が顔をこわばらせている。

「はっははは、これでもう極楽逝きは必至」

「こ、こんなことを……」

必死に掻き出そうとしているが、粘度の強い液体をすくってみても尖った刺激が女の性感をくすぐっている。お蝶が長髪を振り乱すのを見て、清亮はふたたび股間に痛いほどの硬直を覚えていた。

「どうです？　泣いて乞えば、入れてさしあげますよ」

「泣いて乞えだって？　ふざけるんじゃないよ！」

驚いたことに、お蝶が背を向けて自分の胸を揉みはじめた。片手で股間をまさぐり、秘所を懸命に慰めている。

「これは、また……」

清亮にも心当たりがある。昌平坂の悪友の話では「曲直瀬《まなせ》道三《どうざん》の書によると、あれをし過ぎると老いが早く来るらしい」ということだが、ついつい独りでいるときは股間に手が伸びてしまう。そういえば、清女もそうだった。

お女郎も、あれをするのか……？　とりわけ、商いとしてまぐわいをしているお女郎が、肉体の欲望に負けて自瀆をするとは、清亮は想像していないことだった。

その考えられないことをさせているのが自分だと思うと、誇らしくもあり後ろめたくも感じる清亮である。

「そこにある、張り形を、こっちに！　寄越してちょうだい」

「は、はい」

お蝶に淫具を乞われて、清亮は下郎のように畏《かしこ》まった。

「見ておいで、おなごの昇天がどれほど凄まじいものか」

お蝶は玉門に張り形を挿入しながら開き直っている風情だ。すぐに玉門の左右の肉扉がひらかれ、信じられないほど大きな天狗の鼻が彼女の下腹部を膨らませた。

あんなものが……。そうか、赤ん坊が生まれてくるのだから、自在に大きくなるのも道理だ。清亮は初めて見る玉門の変化《へんげ》に目をみはった。

「んなぅ、ふうっ、はぁ！」

獣性の喘ぎをもらしながら、お蝶が本格的な自瀆をはじめた。

「んなぁ、おん、おんっ」

片手を抱えこむように太ももを締め、のたうちまわりながら顔を歪めている。

眉間に皺が美しく刻まれ、唇は端正に噛みしめられている。

「んぉ！」

こんどは一転して、海老反《えびぞ》る格好で腰を突き出した。指先の動きは一点、女陰のやや上方に固定され、どうやらそこがお蝶の悦楽の源泉であるかのようだ。

やはり、雛尖が……？　春画の多くが教えることのひとつに、まだ魔羅を挿入しない段階では、女子の雛尖に男の意識が集中しているのがわかる。

「はうッ！」

いま、正面に八の字に開かれた脚の中心に、丸く咥え込まれた張り形がお蝶の真根を圧迫して見える。包皮を飛び出した肉芽を彼女自身が弄《もてあそ》び、キュッと押さえ込む。

「んあうぅ！」

つぎの瞬間、満を持しておなごの射精が始まった。あたかも清亮を狙いすましたように、透明の液体がピュッとほとばしった。

「うわぁ」

お蝶が喘ぎながら、清亮をにらみつけた。

「ど、どうだい。女郎をこうした以上は、責任をとってもらうからね」

「えッ」

驚いている清亮をわらいながら、お蝶が大きな声を発した。

「みんなぁ！　集まっとくれ。出入りだよ！」

何ごとかと驚いていると、怖い顔をした女郎たちが何人も、舟を取り囲むように集まってきた。客とのいざこざが起きたときの集団的な自衛策であろうか、早くも簪《かんざし》を抜いて握りしめている女郎もいる。

五

「この悪ガキ、痛めつけてやりたいんだ」

お女郎たちがサッと身構えた。

「どうしたんだえ、お蝶」

「この若侍、最中に魔羅を抜いて、あたいをからかいやがった。しかも、只で逃げようって魂胆なのさ」

お蝶が簪を抜いたので、お女郎たちが緊張した面持ちになった。

「何と言ったと思う？　泣いて乞えば入れてやるとさ」

「そうなのかい、そいつぁ阿漕《あこぎ》だね。悪河岸の夜鷹だからって、舐めた真似をしてくれるじゃないの」

「そうじゃないんです。そうじゃなくて、お蝶さんを困らせてみたかったんです。怒ったときの美しさに、つい……。それに、お代は二朱の約束で、ほらここに」

「ふん、子供のくせに、大人びたことを言ってるんじゃないよ。どうしてくれよう」

「魔羅を潰してやろうか」

などと、お女郎たちは怒りの鉾先を収めようとしない。

「逃げられないように、褌と帯をこっちに」

「ええッ？」

とうとう褌と帯を取り上げられてしまった。

「手足を押さえつけな。精が一滴も残らず、枯れるまで搾《しぼ》り出してやるよ」

どうやら、殴られたり蹴られたりするわけではなさそうだ。

「うわッ」

すぐに股間をさぐられ、まだ硬度を維持している肉棒をつかまれた。

「あら、縮み上がってると思ったら」

「さては、あれを使ったんだね。どうだい、例の薬の効き目は？　京都の薬師から、あたいがせしめたもんさ」

得意そうに言うのは、大きな身体の巨漢女郎である。

「立派なもんじゃないか。あたしが乗っからせてもらうよ」

押し潰される恐怖から、清亮は大声で叫ぼうとした。

「うぷぅ」

こんどは比較的若い、痩せぎすの女郎に口をふさがれたのだった。南蛮流に舌をからめる、濃密な口吸いである。

「おやまぁ、あんた、この若さまにほの字なのかい」

などと、ほかの女郎たちにからかわれている。

「うぐぅ！」

いよいよ、大きな臀部が清亮の太ももを割り、モノが女のヌメリに包み込まれた。

「そぉら入ったよ。なかなかいい形をしてるじゃないか、ええ？」

「お、重いです」

「ははッ、あたしゃ十八貫目（六七・五キロ）はあるからね。そのうち二貫目はこのお乳さね」

「うう、うむぅ……」

二貫分の巨乳で口といい鼻といい、顔全体を押さえつけられてしまったのだ。これでは息が出来ない……。

「お蝶、侮辱された仕返しに、あれをやってあげなよ」

「え？」

「このお稚児さんを、女子にしてやるのさ」

「ああ、菊門を責めるんだね」

巨体女とお蝶がささやくように何を話しているのか、清亮には皆目わからない。確実なのは、女郎を屈辱的な自瀆に追い込んだ罰として、彼女たちの憂《う》さを晴らすような恥辱に晒されるということだけだ。

「んむぅ、むぉ」

巨乳の隙間で息をしながら、清亮は自分が胎内にもどされているような錯覚をおぼえた。事実、巨乳女の玉門に捕らわれ、その奥にある子壺の感触すら鮮明なのである。

こ、これはこれで、気持ちがいいかもしれない。清亮は女たちに組み敷かれながらも、この処遇を堪能することにした。噂によると、吉原がよいの御大人たちは女郎を何人も揚げては、二輪車や三輪車という複数遊びに興じていると聞く。

清亮がされるがままの悦楽に身をゆだねていると、思いがけない箇所に異変を感じた。

「なッ、何を!?」

「ふふふ、あたいの御汁《おつゆ》でなめらかにしたげるよ」

「ま、待ってください！　そこは」

清亮を慌てさせたのは、お蝶の指が彼の菊門に挿入されたからだ。お尻を振って逃れようにも、下半身を巨尻に占領されてしまっている。

「うわ、うわぁ！」

「どうだい、感じてるのかい？」

「や、やめて！」

お蝶の指先が巧みに動きまわり、菊門を広げるように探っている。

「ここはどうだね？」

「ぎゃぅ！」

ちょうど魔羅の裏側を、自分でもよくわからない感触の筋をさぐられたのである。

「ほほほ、いくら曼荼羅華と薄荷を塗っても、ここは無防備だろ。こんな処で感じるなんて、信じられるかい？」

「うわぁ、ど、どうなってる？」

「おなごと同じように、身体の奥で逝くのさ」

お蝶が菊門に集中しているのを見て、若い女郎が清亮の乳首を舐めはじめた。

「ああ、あ」

「ほらね、お乳も感じるお稚児さんだよ」

などと、巨乳女が喜色満面でわらう。

「衆道《しゅうどう》好きの客を呼び込んで、菊門で稼がせようかね」

というのは、お蝶の声だ。

「か、勘弁してください」

「女郎を虚仮《こけ》にした罰だよ。一年分の精を吸い取ってやる。ここを出るときは白髪が生えてるかもしれないよ。ははは」

冗談とは思っても、本当にそんなことになるのではないかと清亮は不安になってきた。昌平坂の学友が言うには、精を出しすぎると急速に老けると曲直瀬道三の『黄素妙論《こうそみようろん》』にあるらしい。

巨乳女は無駄な上下運動をせずに、清亮のモノをしっかりと奥にくわえ込んだまま、その感触を堪能している。ときおり、大きな胸をゆすって身悶えるのだった。

「ああん、気持ちがいいわぁ」

「どうだい、若さま」

と言う声は、清亮の菊門に指を入れているお蝶だ。

「何とかお言いよ」

「はぁ、その……。えも言われぬ、何とも心地よくて」

「そうだろうよ」

じっさいに、清亮は初めて体感する心地よさに愕《おどろ》いていた。最初はむず痒《かゆ》く感じていたものが、やがて体幹の深いところで愉悦の気配をきざし、いまや魔羅の芯まで気持ち良くなってしまっているのだ。

けっして精を吐き出すときの一過性の快楽ではない、深い鈍痛のような心地よさ。そして、身体全体が痺れるような快感である。

清亮の恍惚とした表情を見た若い女郎が、唇をかさねてきた。この若いお女郎は客に思い入れてしまう傾向があるらしく、何ごとにも本気になってしまう生真面目な性根が清亮にもうかがえた。

「本気で惚れるんじゃないよ」

と、巨乳女が諭している。

「あぁ、もう何だか、自分の身体じゃないみたいだ」

お蝶の指がどこをどう探っているのか、清亮にはもうわからなかった。確かなのは三人の女に肉体を責められ、魔羅で得られる快楽以上のものを経験していることだ。

「ず、ずっと続くのですか？」

「そうさね。あんた、魔羅に塗った曼荼羅華のおかげで、逝くに逝けないのさ。お蝶の身体にしたのと同じだよ」

「はぁ……」

巨乳女が言ったのは、やがて事実だとわかった。

「んあぅ……つぅ」

まるで骨の髄に鍼《はり》でも打ち込まれたような鈍痛と、その周囲にひろがる心地よさ。それは何度も股間のモノを硬直させるけれども、けっして精を放つところまではいかないのだ。

六

「う、ううッ！」

　絶頂の寸前で精を吐き出せないなりゆきに、清亮はヘトヘトに疲れていた。

「ふふふ、最後に二朱分の伝授をしておいてやるさ。いいかい、身体を合わせての女の泣かせ方だよ」

　と、お蝶がささやくように言う。

　すでに巨乳の女郎は清亮の魔羅の上で何度も果て、若いお女郎もあこがれのイケイケ若侍とのまぐわいに疲れて眠り込んでいる。

「あたいの言うとおりにおし」

「は、はい」

　清亮はというと、ようやく曼荼羅華の麻酔成分が切れてきたところだ。体幹で強いられた絶頂のくり返しで身体は疲れているものの、肝心のイチモツはまだ竿袋の中に血液を溜めたまま、ギンギンに漲《みなぎ》っているのだ。

「いいかい。腰を入れるときに、雛尖にここの骨が当たるように、角度を間違えないようになさい」

「こ、こうですか？」

「そうそう、女子は雛尖がいちばん感じるんだよ。そこをはずすと、女子を置き去りにしてしまう」

「なるほど。いっしょに、逝くというのですね」

お蝶が身体をひらき、腰骨を密着させてきた。片手で掛け布団を腰の裏に押し込みながら、雛尖を突き上げ気味に清亮を迎え入れた。

「乳も揉んでおくれ。血が集まって、こんなにしこってる」

「ふ、膨らんでます」

女子の乳はまぐわいのときに大きく膨らむと聞かされたことがある。お蝶のやや逞しい胸の筋肉に力がこもり、その上にある豊満な乳房は熱っぽく膨らんでいるのだった。

「吸って、吸ってくんなまし」

赤く熱をおびて、そこだけ別の生き物のように収縮と緊張をくり返している乳首を、清亮は荒っぽく吸い上げた。

「んあぅ！」

お蝶が乳房の根もとから搾るように、清亮のたなごころを押し当てた。清亮が力を込めるのに合わせて、お蝶が腰を使いはじめた。男と女の身体がひとつに結びあい、あたかもお互いが自分のように感じられる。

「ぬ、抜いて、また挿《い》れてくんなまし」

「こう、ですか？」

いったん外に出てから、深い角度を堪能するようにまぐわう。

「う、うっ！　そう、何度も、くり返し」

「ふむ、ご明察でありんす、若」

などと、お蝶は花魁を気取って言う。

「きて！」

清亮はグッと、恥骨で雛尖を圧迫するように腰を入れた。

ヌルリとした感触で深くまで接合し、お蝶が言ったとおり腰の角度に注意をはらう。骨を当てるように密着させると、お蝶の表情が喜悦にかわった。

「んんっ！」

「こんなもんで？」

「そうだよ、上手だねぇ。若は」

清亮は雛尖が触れてくる硬い感触を意識しながら、軽く反動をつけて骨を打ちつける。

「んあッ。ああッ、いいよ、あんた」

お蝶が清亮の背中に爪を立てた。

「ほう、お蝶を本気にさせたよ、この若さま」

と、巨乳女が目をかがやかせた。若い女が唇をとがらせて、やや気落ちしたように清亮とお蝶のまぐわいを眺めている。

「堪らないよ、もう」

「お蝶さん」

「んあぅ、あう！」

最前は自瀆を強いられたばかりか、それまで仲間のお女郎たちが清亮とまぐわうのを眺めていたお蝶は、彼女本来の性欲の強さを発揮した。清亮はそんな姿に女の性《さが》を感じた。そして、遊女という生き方の業を思い知らされたように感じた。

ともあれ、清亮はこれで容易には逝かない魔羅を獲得し、どんな女でも泣いてすがらせる媚薬を手にしたのである。

第二幕　伯母の肌襦袢

一

お蝶の手ほどきで体得した女人泣かせの媚薬と秘技を、清亮は数日後には試したくなっていた。ことさらに思いついての考えだの、智恵をめぐらせてという話ではない。それは身体が衝《つ》き動かす、若さゆえの衝動であった。

昌平坂の学問所を途中で抜け出すと、彼は外神田にある御徒組屋敷を訪ねた。本家への使いと称しての、堂々たる訪問である。

が、その目的はいかにも疚《やま》しいものであって、邸内に入るやいなや頭巾を付けて奥に忍び入る。

「あら、亮さま。何用です？」

うまい具合に、屋敷の奥では清女がひとり花を活《い》けているところだ。

「あ、清女どの」

「何でしょう。父上さまに用事があったのですか、それとも兄上に」

「じつはその……。清女どの、お部屋にお邪魔したいのですが」

「父上もちょうど、さきほどお帰りになったばかり」

「いいえ、清女どのに所用なのです」

清亮は自分がここまで強引になれるのが不思議だった。それをうながしたのは、清女の闊達さだったかもしれない。彼女は清亮のすぐ間近で、息がかかるほどの声で問うのだった。

「亮さま、あたくしに所用とは？」

答えるかわりに、清亮は清女の首を抱きすくめた。

「こういうことです」

「まぁ……。こまった亮さま」

清女は嬉しそうに艶を含んだ笑みを見せた。

「でも、寝所にまいりましょう。ここでは、下働きの者たちが出入りしますがゆえ」

「で、では、遠慮なく」

清女が小袖を脱ぐと、純白の肌襦袢《はだじゅばん》が花咲くようにまぶしい。妖艶なお蝶に夜が似合うのと対照的に、清女には昼間の陽射しがふさわしいと清亮は感じた。

それも真昼の輝かしい陰翳がつくる瑞々しさであって、真夏の苛酷な暑さや明るすぎるのは似合わない。強いていえば春の陽炎《かげろう》、秋の透明感のある日向であろうか。いまは春の陽射しの実感がそう思わせた。

「清女どのは、うつくしい」

「あら、亮さまこそ。凛々《りり》しくて……」

清女が言葉を詰まらせたのは、清亮が彼女の乳房をまさぐったからだ。

「あ、あんっ」

すでに清亮は、清女の乳首を指先に捕らえていた。その薄紅色の可憐な蕾は、まるで男に蹂躙されるのを待ち焦がれているかのような、誘惑の素顔を見せている。根もとをキュッと摘めば、清女が期待にたがわず細い肩をビクンとふるわせた。

「ん、あぅ。か、感じてしまう」

乳頭をツンと突いてみた。

「はぅ！」

まるで心のなかを凌辱されているが如くに、清女はしどけない表情で悶えている。そんな風情がますます清亮の嗜虐癖を喚起する。

「吸いますよ」

「え、ええ……」

ニュプッと音をたてて、清亮は清女の乳首に吸い付いた。舌先で尖りを舐め上げながら、乳輪を唇で吸引する。

「んっ、んはぅ！」

女人の苦悶の表情は、どうして男を興奮させるのか。どう考えてもわからない、この不思議――。

清亮はその苦悶の表情に股間が反応するのを、心地よく感じながら悩ましい疑問に思いをこらした。まるで女人の表情に支配されているかのような、何とも単純なわが股間のモノ……。

この俺を支配しているのは、何という不思議なことだろう。女人が悦びに耐えられず、あられもない表情に溺れるとき、いっそうの苦悶を与えようと欲望がうずく。しかもその女人の苦悶は、彼女の悦びにほかならないのだから。

　清亮はいっそう、残酷な方法で清女を悦ばせてみたくなった。お蝶にもらった、女子を泣かせる媚薬である。

「んっ」

　乳首を真っ赤に膨らませると、清亮は彼女の首すじから耳にかけて舌を這わせていった。そして清女が目をとじるのを期待して、濃密な口吸いで彼女をうっとりさせる。

　お女郎を相手に仕込まれた性技は、自分よりも男女のことに慣れているのではないかと思える従姉を、いとも簡単に籠絡《ろうらく》した。すでに清女はされるがまま、恍惚とした表情になっている。

　それでも繊毛の谷間に如意丹を塗った瞬間、清女に気づかれた。

「ひっ！　な、何を？」

「気持ちが良くなるお薬だそうです」

　清亮は期待のいっぽうで、意識的に淡々と言った。

「お薬を？」

　すぐに効き目が清女を襲ったようだ。困惑したように腰をうごかしている。

　さらに雛尖に塗り込もうと思ったが、経験豊富な女郎のお蝶ですら泣き狂った媚薬である。清女をいたわる気持ちが清亮を押しとどめた。

「か、痒いわ。何なの？」

「ふふふ、すぐに気持ち良くなりますよ」

思わず意地悪い笑みがもれてしまう。

「んあん、んっ……つぅ」

清女が腰をゆすって身悶えた。

「どうです？」

「亮様の意地悪、このようなことを……」

清女が息苦しそうにあえいだ。

このまま放っておくのは殺生だ。清亮は指で撫でるように、清女の過敏になっている部分を刺激してやった。

「ああ、あ、堪りません。もっと、もそっとつよく」

「こうですか？」

左右に分かれた肉唇のはざまに指を入れ、クチュクチュと音を立てて迎え入れようとする箇所を摩擦する。

「んあっ、ああぅ」

なにしろ年季の入った女郎ですら泣き狂う媚薬だ。清女の悩ましい喘ぎが清亮にその効能を確信させた。

「んあ、あぁぅ！」

清女がみずから乳房を揉みたてた。あまりの快楽に堪らず、ふるえる手で揉みしだいている様子だ。

おそらくお蝶がしてみせたように、清女も独り慰めの悪癖に身を染めているのだろう。だとしたら、やはり彼女は未通女なのかもしれない。

すでに下腹部を打たんばかりにそびえているイチモツを腰だめに、清亮は猛烈ないきおいで頭のなかを整理した。自分の手で清女を大人の女にする。

最初の男に……？　清亮は姉のような従姉を女にする実感にふるえた。

清女は誘うでもなく嫌がるでもなく、豊かに実った下肢をわずかに動かしながら、切れ長のまぶたを宙に泳がせている。

「亮さま」

それが合図となった。

片方の太ももを抱くようにくつろげ、真っ赤な縦筋を見せている箇所に腰をすすめた。そり返るモノをあてがい、グイと身体を密着させる。

「あっ、ああ……」

わずかな抵抗ののち、清亮は清女のなかに入っていた。夜鷹のお蝶が体感させてくれた締め付ける力よりも、清女の窮屈さは経験の浅さを感じる。

ゆっくり動くと、肉襞が引きつれるのにあわせて清女が小さな悲鳴をあげた。お蝶のおびただしい樹液の分泌にくらべて、清女のなかはいかにも潤いにとぼしいのだ。

清亮はいったん抜き取ってから、彼女の雛尖を指でさぐった。包皮のなかに指をこじ入れるように圧迫し、可憐な肉芽を剝き身にしてしまう。

「ひぃっ」と逃れるところを抱き寄せ、硬い丘のなかに隠れている血の集まりをさすってみた。まもなく、明らかにそれとわかる女の蜜液があふれてきた。ヌルリと粘度の濃い、男を迎え入れるための樹液である。

清亮はふたたび腰を入れて、清女と一体になった。こんどは滑らかな接合感にみちびかれて、奥のほうまで彼自身を満たした。まったく、清女の身体の奥まで入った気分だ。

「清女どの」

「す、亮さま」

奥底にある女の御殿を抜き差しする規準に、清亮は腰をゆっくりと律動させた。

「んまぅ！　んっ、んっ」

満ち足りた相貌に、清亮は力を得たように感じた。あのお蝶がみせた艶かしい苦悶と悦びの入りまじった表情を、清女はすでに自分のものにしているようだ。彼女が親しんでしまった自瀆のゆえであろうか。盤石の準備がありながらも、清亮はわずかに気おくれを感じた。

幼いころから馴染んできた涼しげな目もとに、おどろくほど女の色香が濃く出ている。なつかしい童女のおもかげを残しながらも、もう昔の彼女ではない。

ええい、ままよ！　この満ち足りた気分のまま突くのみだ。大きく呼吸を整えながら、グイと腰を入れて清女の身体が浮くほど力をこめた。

「あうっ！」

「清女」

「んあぅ！　た、堪りません。亮さま」

清亮が動くにつれて、あたりをはばからぬ淫猥な接合音が部屋にひびく。清亮はあらためて驚いていた。男と女というものは、このように恥ずかしく淫らな、そしてこれほど愉しいことを――。

清亮はゆっくりと腰を前後に動かしながら、清女の髪に刺してある簪を手にした。

御所風のおすべらかしにしてある長髪が、淫猥な振動とともに解けてゆく。そのありさまは、あたかも清楚なお姫様が淫らな女に変貌するのをうつしているかのように思える。

「亮さま、もっと身体を寄せて。寒ぅございます」

まだ春先の空気である。清女の乳首の周囲には鳥肌のように毛穴が立ち、乳輪が硬く緊張している。清亮はいつくしむように、その突起の一つひとつを舌先で愛でた。

清女が寒さを訴えたのは、おそらく彼女自身の身体の淫らな変化によるものであろう。部屋にしのびこむ春先の風が、熱をもった肌に冷たく感じられるのだろう。

その証拠に、真っ赤になった乳頭や耳たぶ、そして清亮を受け入れている部分に身体じゅうの血が集まり、内側から燃えさかっているのだから。

「もっと、つよく！」

「こ、これでいかがです？」

清亮は思いきって、清女の腹の上に角度をつけて突いた。そのまま、彼女の腹膜を破って、飛び出しそうな角度である。

「んぐぅ……！」

ちょうど清女の下腹の小水袋があるあたり、子袋とは逆方向に擦過したのだ。

「んあぅ！」

さらに勢いをつけて、魔羅が小水袋を突き抜けるほど。

「んぐふぁ、ふうっ……っ！」

清女を完全に支配した思いに、清亮は震えるような興奮をおぼえた。

あれを清女に試してみようかと思ったが、躊躇《ためら》われた。お蝶に施された、やや残酷な仕打ち。菊門凌辱の快楽である。

「亮さまと、わたくしが、いっしょに……」

夢みがちなところのある清女は、おそらく源氏物語の契りの帖や伊勢物語の情話に、わが身を仮託しているのだろう。肉体的な快楽とともに、心の愉悦にひたっている様子だ。

ヌルリと侵入してきては、上腹の肉襞をくすぐる男のもの。小水袋を圧迫される快感が、やがて底なしの悦楽地獄に至ることを知ってか知らずか、清亮のするままに身をまかせている。

いったん清亮は、座位で清女を抱きかかえた。弾力のある乳房に頬ずりしながら、腰の上で清女の裸身を躍らせる。

「ああっ、亮さま!」

清女が頭を抱きしめてきた。想う相手を心で感じる瞬間、女人は天女のように美しくなるものだ。すすんで乳房を押しつけてくる。

そんな恍惚感にみたされている清女に、清亮は思いがけない裏切りで応えた。

「あっ……。んなぁーっ!」

清女が悲鳴をあげた。窮屈な菊門のなかに、清亮の指がこじ入れられたのである。結合部のヌメリを利用して、ほんらいは触れてはならない箇所に指をこじ入れたのだ。

「なっ、何を?」

まだ彼女は何をされたのか、よくわかっていない様子だ。

自分の身に何が起こったのか、ややあって、ようやく気づいた。困惑の表情が可憐で、それがまた清亮の心をを魅了した。

「い……嫌よ、そんなところを」

「この奥に。もっと心地よいものが」

と、清亮はさらに指を進めた。

「あ、ああん」

お蝶がやったように、魔羅の根もとに触れる箇所――。女人の場合は小尿袋を隔てて、その先にある雛尖の根もと。

「んぐぁ」

清女の苦悶の反応をたよりに、さらに指を折り曲げてみずからの分身の形に触れた。

「駄目っ、亮さま！　……恥かしい」

懸命になって、清女が背後に手をまわして手首を押さえてくる。

「どうです？　えもいわれぬ気持ち良さが、自分の身体が勝手に反応していませんか？　骨で感じるような」

「困ります、こんな」

清亮は自分の体験から、清女の困惑を読み解いた。

「そのまま、わたくしがするのにまかせて」

「亮さま……。な、何だか変、なのです。あたくしったら……」

清亮は思わずニヤリとしていた。

「す、亮さま」

清女が腰を動かしながら、清亮の指をみずから導いている。女の悦楽の源泉に触れさせ、そこに神経を集中しているのだ。

「ああん、あんっ」

こんこんと湧き出てくる、おなごの蜜液。清亮の手首にまで、やや粘りのある蜜液が垂れ落ちてくる。

「頭の奥が、痺れて」

息を乱している清女は、いまにも気をうしないそうだ。

「ほ、骨の髄から、頭に……」

清女は生真面目にも、自分の肉体に起きている変化を清亮に告げてくる。

「ああ、このまま死んでしまいそう」

清亮も欲望の種子を解き放ちたい衝動がこみあげてきた。

このまま、子種を仕込む？　清亮の脳裏をすさまじい勢いで、ふたつの考えが行き交った。

愛しい清女の肉体をすこやかなままにしておくべきか。そんな思いやりの一方では、彼女に子種を仕込んで遠からぬ時期に孕《はら》ませ、生まれてくる赤子ともども終生支配したい。そう、いずれは嫁にいく彼女をこのまま放したくはない。

だが、じっさいの肉体は考えがおよぶよりも早く、彼をつき動かしていた。

「んあぅ」

清女の喘ぎではなく、清亮のうめきが先行したのだ。清女がキュッと締め付けてきた瞬間、清亮は思いの丈を分身から吐き出していた。

「す、亮さま……！」

「ああっ、き、気持ちがいい」

「あ、あたくしも」

ふたりは見事に息をあわせ、同時に昇天したのだった。お互いの収縮が伝わって、断続的な快感が押し寄せてくる。

「ああ、素敵です。亮さま、亮さまのあれが……」

男の精を子壺に体感しているのだろう。清女が身をよじりながら、ふたたび噛み締めてきた。

「まだ、まだ抜かないでくださいまし。亮さま」

彼女にしては蓮っ葉な言葉も、懸命に悦楽を噛みしめるけなげさと混ざり、清亮には美しい余韻を残した。

二

事が終わると、清女が先に口をひらいた。

「たぶん、亮さまとわたくしは、どこかでつながっているのです。いえ、そういう運命だったのです」

そう言うと、清女が反応を確かめるように手を握ってきた。

「じつは、あたくしに縁嫁《えんか》の話があるのです」

「え?」

それは何度も覚悟してきた、清亮にとっては折りこみ済みの案件だった。少なくとも、いまさら驚くようなことではない。つい最前も、精を解き放つときに脳裏に浮かんだばかりだった。

「そうですか。やはり……」

「亮さまにはずっと黙っていましたけど、御家人格の岩城《いわき》様という御徒組のお方なのです。もう三十歳になる方ですが、奥様を亡くされて、わたくしを後添えにと話が進められています。ご老中の柳沢様からのお話なので、断わることはできますまい」

「そんな……」

という言葉の先を、清亮は呑み込んだ。

清女の縁嫁の話は、もう何度も噂にのぼっては立ち消えたのを、清亮も知っている。今度ばかりは清女も覚悟を決めているのだろう。先日、彼女のほうから誘うように睦み合った理由、きょうも抵抗なくまぐわった理由を、ようやく清亮は思い知ったように感じた。

それにしても、格下の御徒組衆との縁談とは不思議だと清亮は思った。

清女の父・武清は御目付への昇格も噂されているばかりか、石谷はそもそも先代が町奉行を務めたほどの家格である。あきらかに不釣合いな縁組ではないか。

「あまりよい縁組ではありませんね」

と、清亮は率直なところを口にした。

「それよりも」

清女は、縁嫁の話よりも深刻な表情で告げた。

「縁嫁のことよりも、先日お話しした件です。あたくしは誰の子なのか、それが知りたいのです。何だか、厄介ばらいをされるように嫁ぐのは、どうにも嫌なのです」

「それは。……別腹だと言うのですか？　産みの母が別におられると？」

「おそらくは」

このままの気持ちでは、嫁に行くのも踏ん切りがつかないと清女は言うのだ。

清亮は痛いほどその気持ちがわかった。

「もの心ついた頃から、そう感じておりましたもの。ここ何日か、ずっと頭を離れません。兄上と母上が内緒話をしていたり、あたくしが顔を出すと皆が沈黙してしまう。そんな空気があるのです」

見ると、清女の瞼が濡れている。

「亮さま、調べてくださいませんか？　あたくしは、誰の子なのでしょうか」

思いつめた表情に、思わず清亮も目が潤むのを感じた。勝気な清女がみせる哀しみの表情に、思わず涙をつられた。

「厄介ばらい、と言われましたね？」

清女がちいさくうなずいた。

なるほど、別腹の娘であれば格下の嫁ぎ先というのもうなずける。清亮はにわかに使命感を自覚した。

「わかりました。こうなった以上、わたしが事の真偽を質《ただ》します。清女どのとて、何もわがままを申されているわけではなし、納得がいくまで詳《つまび》らかにすべきことです。縁嫁のことも、事と次第では、無理強いは拒むべきです」

「亮さま……、嬉しい」

その言葉に、思わず胸がときめく。

「まかせてください」

清女が自分に言わせたかったのは、本当はこれだったのではないかと、清亮は胸にひびく重いものを感じた。

「それでは、わたくしはこれで」

「待って」

と、清女もあわただしく身支度をしている。

「人の目がありますので、裏門まで送りましょう」

「送る必要はありません。誰何《すいか》されたら、何とでも受けこたえますよ」

ここに至っても、男女の行儀をわきまえている自分たちに、清亮は心地よいものを感じた。たとえ清女が他家に嫁いでも、増上寺への参拝の折や有楽庵での茶会の帰りに逢うことは出来る。そして、つかの間の情けを通じることも。

いや、出自の秘密があるのなら縁嫁の件も白紙にもどすべきだと思う。出自のことであれば、先方にも仔細は明らかにしなければならないはず。

清亮はたった今まで指先に感じていた清女の菊門の内部、柔らかい玉門の感触の残りを確かめながら、そう思うのだった。


館を退出しようとした清亮は、警護の小者と目が合った。さらにもうひとり、清亮の姿をみとめた者があった。

「こんな時分に誰じゃ？　おっ、あれは」

その物言いは、屋敷の主である。その声で、小者が駆け寄ってきた。

「ご無礼つかまつりますが、ご分家のご次男さまにござりますな？」

「いかにも。清亮にござる」

小者に誰何させたのは、本家の当代・石谷武清。ほかならぬ清女の父親である。

「おおっ、清亮ではないか。何ぞ下屋敷からの連絡でもあったか？」

「いえ、その……あの」

「うん？　かまわぬ、申せ」

豪放な性格の武清は、あまり人を疑うことをしない。清亮はとっさに方便をつかった。

「そのぉ。妙枝おばさまの下向はいつごろになるかと、わが母が気にしておりまして。もしや、何か知らせがあればと思い、学問所の帰りに立ち寄らせていただきました」

「そうか。妙枝どの、のぅ。その件は、わが父上のお召しであれば、まぁ、数日中にはお出でになるのではなかろうか。光子どのには、そう申しておけ」

「ははっ」

「それにしても。あいかわらず光子どのは、わが家中のことなど、いろいろとお気にされるものよ」

その光子というのは清亮の母親であり、何かと政治向きの話を好むことで本家からは敬遠されている。

光子は将軍家につながる松平家傍流の出ということもあって、分家に嫁いだことが本意ではないのだろう。身分違いの縁嫁は何かと波風が立つものだと、若い清亮にも理解できる事情だ。

したがって武清が言う「お気にされるものよ」という言葉を、清亮は「詮索するものだ」と理解した。

「ところで、清亮よ。そなたが分家の次男坊といえども、わしはぞんざいには扱わぬつもりじゃ。所領こそ分与できぬが、役目のことは御徒組の者として員数に入れておる。よくよく心しておけ」

「はは」

「勉学も良いが、肝要なのは弓箭《きゅうせん》のことじゃ、馬と槍の修練もおろそかにすべからず。よいな」

「ははっ。一日に刻限を決めて、かならず弓と槍は手にするようにしております」

「うむうむ、殊勝な心がけである」

とっさの方便だったが、主家の当代は大いに喜んでくれた。

それはともかく、清女の出自の謎は、いずれこの御方にも問い質さねばならないのであろうか。それを考えると、清亮は憂鬱な気分になるのだった。

「おお、そうじゃ。わが内儀（妻）の景子がの、下屋敷に用向きがあるとて、荷物持ちの従者を探しておった。そのほう、援《たす》けてやってはくれぬか」

「お供をすれば、よろしいので？」

「うむ。時節がら、徒組の者たちからの付け届けが貯まっておるゆえ、下屋敷の奥向きに、おすそ分けということであろう」

「ははっ、よろこんで」

みやげ物の下賜《かし》も嬉しいが、景子伯母に同道できるのが愉しい。

家中でも最も妖艶な肢体をもった伯母を、清亮は幾度となく水浴びのおりに盗み見ては、欲情したものである。そのいかにも甘えさせてくれる風情は彼の母親・光子にはないもので、ひそかな思慕をつのらせた記憶もある。

そうだ、鷹揚でやさしい伯母なら、わたくしにだけ清女の秘密を話してくれるかもしれない。清亮はそんな使命感を少年らしい欲望とないまぜにしながら、気がつくと目を輝かせている自分におどろいた。ついさっきまでは、その景子の娘とまぐわっていたというのに――。

「では、いましばらくそこで待つが良い」

清女は父親の目を怖れてか、二階の部屋から下りてこないままだ。清亮はこの屋敷の娘を我が物とし、さらに憧れの伯母に近侍する悦びを感じた。

伯父上様は弓箭のことを大切にと言うが、いくら武技を磨いても出番があるわけではない。そんなことよりも色事で家中を支配できるではないかと、清亮は不遜なことを考えてしまっていた。

三

奥から出てきた景子伯母は、いつものように明るい笑顔である。感情に起伏の多い女人には珍しく、このひとは不機嫌なところをけっして人に見せない。

「清亮どのが、わたくしのお供をしてくださるとのこと。まことに嬉しいことです」

「は、はぁ」

景子のいでたちが艶かしいので、清亮は顔を赤らめてしまった。

「光子どのは、お元気で？」

「は、はい。留守がちで困りますが」

「あら、そうなの。留守をするほどお元気なのはなにより」

このにこやかな笑顔が、三十八歳になるはずの伯母を若く見せている魅力だ。

それにしても、清女の話では例の一件ではこの人も怒気をみせるというのだから、よっぽどの事情があるにちがいない。

荷物は軽く背負う程度のものだったが、景子が何度も休憩を口にするので、清亮は辻ごとに荷を下ろして汗を拭くことができた。半里もない茅場町に着いたのは、もう陽が翳る頃合いであった。

「母上は、まだ戻っていないのですか？　伯母上さまが来られたというのに」

奥の侍女にそう言うと、清亮は伯母を書院に案内した。

町人地にあるとはいえ、二千石の旗本屋敷はそれなりに広い。兄をはじめ郎党どもが父の清正《きよまさ》に同行しているせいで、いまは女中が数人ほど仕事もなく私語をしているありさまだ。ひっそりとした邸内は、清亮の思いついた計画にはうってつけだ。

「清亮さま、奥さまは庵にお泊まりになられるとのことで、わたくしどもは先に帰されたのでございます」

などと、女中が言いにくそうに口をひらいた。

「何と、外泊ですか」

つぎの瞬間、清亮のなかに天魔の炎がやどった。書院では美しい伯母がにこやかに清亮の取次ぎを待っている。

「どうやら、母上はもどらないようです。伴の者の話では増上寺の庵に泊まるとのこと。今宵は、それがしがお相手を」

「まぁ、何ということ。清正どのが城内在番のときに、奥方が外泊などという慮外ごとを？　分家の方々は、どうも闊達なことばかり」

などと、みずからも外泊をするつもりの伯母がわらった。

「あいにくわが父母は居りませんが、今宵はごゆっくりと。手すきなれば、それがしは戸締りなど」

稲荷神社の酉《とり》の市ということで、女中たちに外出をゆるした清亮は、与えられた空間と時間とを自在に、あこがれの伯母を虜にした気分だった。

これぞ、天の采配？　そうだ、清女のためにしなければならない事なのだ。

清亮は自分を叱咤《しった》するように、戸締まりを始めた。ほかの下男たちや女中たちが帰ってきても、離れの二階にまでは来ないだろう。

「伯母上、湯をお使いくださ い」

「あら、嬉しいこと」

景子はあいかわらず上機嫌で、久々の下屋敷への訪問を楽しむかのようだ。このひとは生来、生活を楽しむことを知っている女性《にょしょう》なのである。

やがて半びらきの木戸の向こうに、朱色の肌襦袢がみえた。どこまでも豊満で、心が満たされるような立ち姿である。まもなく白い肌が湯気に消えるのがわかった。

町人たちに流行の銭湯の三助をきどって湯場に立ち入ってもいいが、それでは子供じみたことになると清亮は躊躇した。まだ幼いころ、何度か風呂に入れて可愛がってもらった記憶があるのだ。豊満な景子の肉体の記憶は、その折のことである。

そうだ、準備はぬかりなく。磐石の状態でのぞむべきだ。

清亮は漆喰の容器に入れた曼荼羅華を指にすくい、魔羅の尖端と冠状部に塗りこんだ。親族の美熟女を啼《な》かせるという、自分でも信じられないほどの罪業にふるえながら。

四半刻《しはんどき》ほどあって、湯場から水音が聴こえてきた。宿直《とのい》の小者が気を利かせてご用伺いに来たが、清亮は不機嫌をよそおって退散させたところだ。やがて、浴衣姿の伯母が戸の隙間にみとめられた。

よし、臆するなかれ！

湯殿の控えの間の扉を開けると、清亮は相手に有無を言わせない勢いで抱きすくめた。そのまま、畳敷きの廊下に押し倒す。

「ああっ、き、清亮どの！」

「お静かに。景子伯母さま、お覚悟を」

「な、何を……？　どうしたというのです？」

驚いている相手の口を吸い、股間をまさぐった。

「あっ！　ああっ」

「失礼をば」

「んむ、……むぁ、っ」

糠《ぬか》で洗い落としたであろう箇所が、ふたたび熱を帯びながらヌメリを湛えるのに、それほどの時間は要しなかった。

声も上げられず、甥の狼藉に耐えている伯母の秘所に、逆らいがたい粘膜の防護液が分泌されている。それはすでに、男との睦み合いにそなえた女体の反応である。

「おやめなさいませ。清亮どのがこのようなこと……、いったい、何があったというのです？」

甥に肉体を求められるという驚愕の事態のなかでも、凜とした風情で鷹揚に対応しようとする女丈夫。おそらく夫の死や家族の危機に瀕しても、微動だにしないであろうこの女の風格を、清亮はズタズタに引き裂いてみたいと感じた。

胸をはだけるよりも早く、彼は伯母の乳房に噛み付いていていた。

「い、痛い！」

さらに乳房を掻き出し、根もとから鷲づかみにした。

「あ、ああっ」

乳首に吸い付いて、唾液で溶かすように舐め上げていく。

「あ、んあっ」

初めて見せた女っぽい呻き声に、清亮は股間が硬くなるのを感じた。女をいたぶることで欲情する、恐ろしい魔欲が湧きあがってくるかのようだ。自分のなかにある魔神のような何ものかに圧倒され、そして魅了されていた。

逆手に腕をとって、解けかけた肌襦袢の紐で縛り上げていく。

「なりませんよ、清亮どの！」

うしろ手に縛り上げ、大きな乳房をささえるように揉みあげる。

「駄目です、このようなこと。許しません！」

清亮は素直にも、いったん手を離して腕組みをした。

下級御家人の娘ながら、伯母は聡明でつねに理路整然とした物言いをする。清亮は彼女との対話も愉しみたいと思った。

「では、狼藉《ろうぜき》の主旨を伯母上に、ありていに申し上げます」

「狼藉の趣旨ですと？　何ごとなのです？」

大きく息をつきながら、伯母が真顔になった。

「清女どのはまことに、あなたの御子なのですか？」

「……」

沈黙が雄弁に物語っていると、清亮は確信した。

「誰のお子なのです？」

「何かと思えば、そのような戯言《ざれごと》。何を仰っているのですか」

「では、お身体に訊きましょう」

「あれ、駄目ですっ」

困惑している景子の肌を、確かめるように舐め上げていく。脂の乗った旬の大魚さながら、熟した女ならではの濃密な脂質のうるおい。肌ににじみ出てくる色香を堪能しながら、清亮は彼女の方便を確信した。

思いきって、内部に指を入れてみる。二枚の肉房が指を包み、女の火口がニュポッと迎え入れてくれた。伯母のそこは盛りあがって、男を迎え入れるかのように突出している。

「あ、あんっ」

あたかも、彼の訪問を待ちわびていたかのように、濃密で柔らかな締め付けである。指を動かすまでもなく、みずからうねってその容積を披露する襞。微細な突起が指先を刺激してくる。

「伯母上。まるで、生きているような」

「それは、そうよ。おなごは子を宿すのですもの」

と、景子が喘ぎながら言う。

このようなときにも、諭すようにやさしい口調が嬉しい。その取り澄ました風情が、清亮に凌虐の気負いをもたらした。

「伯母上を、泣かせてみたい」

「何ですって……」

景子が顔色を変えた。清亮は指を奥まで挿入したまま、景子の脇腹から太ももにかけて舌を這わせた。

「あ、ああん」

どうだ、この脂の乗った肌は……。

だが、あきらかに清女の持っている匂いとはちがう。女陰のヌメリも繊毛の色も柔らかさも、清女のほうがはるかに繊細なものを感じさせる。それは若さという要素を加味しても明らかなちがいだと、清亮は確信を持った。

「伯母上、入れても？」

清亮はグイと股間のモノを太ももに押し当てた。そしてゆっくりと、太もものはざまにねじ入れていく。

「駄目、駄目よ、それだけは。なりません！」

抵抗もそこまでだった。

腕をうしろに縛られた状態では何も抵抗できない。景子はそんな緊縛の状態に至らせた清亮をさして非難するでもなく、戒められた手首をほどこうとするわけでもない。

「ああ、駄目よ」

などと、愚痴のようにくり返すだけだ。

「伯母上、ここまで赦《ゆる》したのですよ、いいじゃありませんか。幼いころから、お慕い申し上げていました」

「清亮どの……」

「いざ！」

「駄目です！　駄目なのよ、こんなこと」

もう景子の「駄目」という言葉は彼女自身への言い訳にしか、清亮には聴こえていなかった。考えてみれば、みずから武家のおなごが夫以外の男に「入れてくださいまし」などと言えるわけがない。

「駄目っ！」

「ははは、思った以上に可愛い顔をされる」

と、清亮は腰を引いた。初めて見る伯母の困惑した表情、困りきって泣き出しそうな顔に魅了された。

「おやめなさい、清亮どの。きっと、きっと魔が差したのですね」

「そうでしょうか」

清亮はしばらく、硬くなったモノで景子の女陰の扉を突きながら、彼女の性感の仕上げに入った。わずか数日前は女陰の扉に触れただけで暴発し、女郎と従姉の期待を裏切った少年はいま、母親ほどの年増女を自在にあやつっている。

「あ、ああッ」

乳首を吸っては景子の眉間にけわしいものを浮かばせ、腹の奥を探っては豊満な腰をガクガクとふるわせる。

「すごい蜜液だ。さては、武清の大殿とは無沙汰でありましたか？」

「そ、そのようなこと……。口にしてはなりません」

みずからの発情に喘ぎながらも、伯母は凜とした武家女の気風を保とうとしている。その健気さのゆえに、清亮は絆されるのだった。

「伯母上、伯母上はそれがしの憧れなのです」

「……」

伯母としての反応ではないものが、景子の顔に宿ったようにみえる。

「このような狼藉、けっして恨まないでください」

「……清亮どの」

「まいりますぞ」

ヌプリと音をたてて、清亮は伯母のなかに入った。

「ああっ！　ああ」

ふくよかな感触に迎えられ、みなぎった硬さが柔らかさに満たされる。男と女はかくも見事に、形が合うものだと清亮は感心した。

「伯母上、入りましたぞ」

表情を追うと、まぶたに涙がみえた。

「ああぅ！　駄目よ、抜いてちょうだい！」

「伯母上、いかがです？」

自分の硬さがわかるほど、やわらかい肉襞を侵蝕してゆく。

「だ、駄目よ……」

景子が必死に腰をよじり、暴虐な挿入からのがれようとしている。その懸命さが、かえって清亮の欲望に火を点けた。

「う、うごかないで！」

清亮は伯母の悲鳴に煽られるように、ゆっくりと腰を前後にうごかした。一枚、また一枚と内部の肉襞をめくりながら、清女に比べればやや奥行きが感じられる女の秘鉱を突き進んでは、軽く引き抜く。

「んあぅ！」

ふたたび奥まで届いた瞬間、景子のひたいに険しいものが走る。女人の鉱脈には敏感な芯があるのだと、昌平坂の悪友に聞かされたことがあった。清亮は早くも、景子伯母の敏感な芯を発見した悦びを感じた。

「ああ、駄目なのよ。こんなこと……」

「いいではありませんか、伯母と甥の同衾《どうきん》など。神代の物語をひもとけば、どこにでも転がっている夫婦話ですよ。甥を間男にするのも、また一興」

「なにを言うのです」

景子が首を振ったので、解けた前髪が美しくゆれた。

清亮はそれを陶然とした思いで眺めた。美伯母の肉体を征服した満足感とともに、主家の大殿を裏切る危険な心地よさ。身体全体で、ゾクゾクするものを感じていた。これは危険な癖になりそうだと思う。

「武清さまには、絶対に喋りませんから」

「当たり前です！　このようなこと。もしも知れたら、わたしたちは死なねばなりませんよ」

「わかっていますとも」

清亮はグイと腰を突き入れながら、景子の肩を引き寄せた。死なねばならぬという言葉も、いまは心地よく聴くことができる。この甘美な危険は、何ものをもっても代えがたいものがある。

「んっ、んうぁ……！　誰にも、言っては駄目よ」

「ご案じなく」

「ああっ、罪深いことを」

これで伯母は共犯者となったのだ。夫を裏切る不貞はもとより、分家の甥に身をまかせる。いや、甥を咥え込んでしまった背徳の不義——。清亮はこの美しい伯母と秘密が持てることに、ゾクゾクするような悦びを感じた。

ついでに、こう言ってやりたいと思った。

血を分けたかどうかは知らぬが、お前の娘もこの俺の女なのだ。ほかならぬお前が下屋敷を来訪させたおりに、この部屋で仲良く睦み合ったのだ。

そしてつい最前も、お前の間抜けな亭主にして父親、われらが大殿がいる近くで、俺は娘の清女を完全なる大人の女にしてやった。いや、その秘奥に子種をたっぷりと仕込んで、生まれてくる赤子ともども支配することになるのだ、と。

そんな思いを圧《お》し殺しつつ、清亮は伯母の太ももに腰を当てつづけた。パンパンと音を立てながら、連続して秘奥を突いては伯母の喘ぎ声に耳をかたむける。

「うっ、んうぅん」

哀しみと悦びのはざまの揺れ動きが、清亮にもわかるような気がした。感じたくもないのに感じてしまう女の悲痛な思い、その喘ぎは女が奏でる心の音色だと感じた。

四

「んあぅ、ああん、あっ」

清亮が腰を入れるのに合わせて、伯母の景子も厚めの肉扉を打ちつけるように動かしている。

「伯母上、ご感想を」

「ああっ、もう……。た、堪らぬ、堪りませぬ」

そう告白すると、景子はみずから腰を動かしはじめた。清亮のモノを包み込むように、あるいは上部にある突起状の肉粒を擦りつけるように。さすがに四人もの子を成しただけあって、細部まで性感が開発された肉体なのであろう。性技のほうも熟達したものを感じさせる。

だがその四人の子のうち、長女にあたる清女が本当に彼女の腹を痛めた子なのか、あるいは夫以外の男の種によるのではないか——。その真実を吐かせる目的も、いまは豊満な肉体に溺れそうな気分だ。

いずれにしても、嫡男《ちゃくなん》や次女、次男とくらべて清女は秀でた学力と美貌をそなえた才媛であって、別腹もしくは別種によるものと推察できるのだ。

「あぁう、清亮どの」

「欲しいのですね？」

「もっと、もっと突いてたもれ」

愉悦に満たされている伯母の身体を、清亮は不意に突き放した。

「き、清亮どの」

燃えさかる女体から、肝心のモノを抜いてしまったのである。ポッカリと開いた穴が蜜液のかがやきを湛え、ふくよかな左右の扉の曲線が艶かしい。濡れそぼった繊毛は左右にわかれてしまい、プックリと膨らんだ女の小棹《こざお》が包皮の中から飛び出している。そのあまりの猥らな肢体に、清亮は息苦しくなるほど興奮した。

ややあって、景子がむなしく太ももを閉じた。快楽のさなかに独り放り出され、興奮と正気の境い目で戸惑っているのだろう。甥を相手に発情してしまったことに、さすがに恥じ入っている様子だ。

何か言いたそうにしているのを察して、清亮はその思いを言い当てようとした。

「最後まで気をやりたいのですね？　好色な伯母上さまだ」

「……そんな、酷いことを」

「伯母上。これが欲しければ、さきほどの質問に答えていただきます」

などと、清亮はそり返ったモノをブラブラと弄び、景子をいっそう恥ずかしいところに追いつめる。

そして伯母のやわらかい繊毛に沿って、ゆっくりと如意丹を塗りこんだ。

「あ、ああっ！」

女の割れ目がはじまる頂点に、念入りに塗り込んでいく。

「な、何を？　何を塗ったのです？」

男の責めに慣れた夜鷹のお蝶ですら、狂ったように身悶えたあの淫猥薬である。

「質問をしているのは、このわたしです。伯母上、質問に答えて！」

すぐに効き目が直撃したようだ。景子が太ももを合わせて、もじもじと腰をくねらせている。唇がわなないている。

「清女どのは、あなたのお子ではないんでしょう？　腹を痛めた子ではないから、格下の御家人ふぜいの後妻に出すと？」

「ちがいます！」

凛《りん》とした覚悟を思わせる口ぶりだ。だがそのいっぽうで、性感も中枢を刺激する魔薬が彼女を侵しているのだ。

虚ろな表情の伯母の玉門に指をあて、清亮は告白を強いるように刺激した。

「んあぅ！」

「どうちがうのです？　武清様と伯母上の子であると、清女どのに正面きって言えるのですか？　清女どのは、気づいておいでなのですよ」

景子は目をとじて聴いている。涙がひとすじ、美しい頬につたわり落ちた。

「それとも、不義の子とでも申されますか？」

景子は下の唇からおびただしい蜜液をあふれさせながら、まぶたにも溢れるほど濡れたものを浮かべている。

「大変なことですね、下からも上からも」

「もう、ゆるして」

景子は身体の奥から湧き起こる女の欲望を抑えようと、歯を食いしばっている。悦楽の誘惑が風のように去るのを待っているのだ。

そうはいかない、と清亮は彼女の首すじを舐めた。耳たぶの下あたりに、感応する箇所をさがす。

「あ、あぅ」

あわてて唇を閉ざしても、鼻腔の拡がりまでは隠せない。

清亮はここぞという箇所を集中的に吸い上げ、そこに血潮の徴《しるし》を付けてゆく。厚化粧でもしなければ、夫である御徒組頭の石谷武清の目に触れるはずだ。

こんどはゆったりとした乳房を揉みたてながら、乳頭を吸い上げてそこに血を集める。あいかわらず鼓動が打ち鳴らされ、呼吸は乱れがちだ。

「おやめなさい」

と言うところを、口吸いで黙らせる。

そしてふたたび、玉門に塗りこんだ如意丹の効き目を確かめるように、微細な肉襞を捲りあげる。

「欲しいのなら、正直に話してください」

「……んっ、んあ」

指を奥まで入れては、すぐに引き抜いて景子をいら立たせる。焼けるように発情した女体はもどかしそうにわななき、男との発火点をもとめている。このまま鉾を納めようにも、立ちもどれないところまで来ているのは明らかだ。

「どうです、伯母上。気をやりたくて仕方がないようですね？」

「何という残忍な……」

膨らみを見せている雛尖に、触れるか触れないかの微細な刺激を送る。

「ああっ、もう！　気をやらせてくれるか、このまま触れないで鎮めるか……。どちらかに！」

太ももを締めて凌辱からのがれようとしては、かえって生殖孔の敏感な部分を圧迫して性感を昂じさせてしまう。

「伯母上、まるで発情した牝犬のようです」

「……！　あっちを向いて、ご覧にならないでください」

ふたたび景子が涙をみせた。

「そうはいきませんよ、伯母上のこんな姿を見ないでおれますか」

「ああ、もう許して。いかせてちょうだい！」

「伯父上に話しましょうか？　伯母上に誘われて、ただならぬ関係になったと。伯母上が牝犬のように求めてきたと。ちがいますか？」

淫らな哀歓をわらいながら揶揄《やゆ》すると、堰《せき》を切ったように景子の表情が変化した。

「ああ……」

景子が大粒の涙を落としたのである。

「い、言います！　言いますから、塗った薬を拭いてちょうだい。さもなければ、わたくしに、気をやらせてください」

もう景子は涙声である。

「では、わが魔羅を与えましょう」

ふたたび景子の内部に侵入し、こんどは彼女を満足させるために尽くすことにした。乳首を吸うとせつなそうに悶え、魔羅でえぐると喘ぎ声をはばからない。

年上の女に、しかも身内の美しい女性にまぐわいを乞われ、清亮は一気に大人になったのを実感していた。

身分や一門における序列、学問や武道のことはべつに置いて、それでも自分がこの世を支配する側の人間である実感だった。ほかならぬこの女の亭主が知らないうちに、一門の女どもを支配してしまう？

あるいは有力大名のお姫様も将軍家の側室も、伝通院の尼僧たちさえも、わたしの魔羅と如意丹で征服できるかもしれない。にわかに野心が頭をもたげるのを感じた。

「んあぅ、あっ、ああっ！」

景子の喘ぎ顔をながめながら、清亮は彼女の手首の戒めを解いた。その内部構造までも、すっかり支配した女の手が自由になって、どんな反応をするものか。

「抱いてくださいまし。あなたの言うとおりにいたしますゆえ」

せつなそうな表情が清亮の心に染み入った。

「おねがいです」

彼女の言葉が大人の方便なのかどうか、清亮は本心が知りたかった。

「清亮どの……、もう、堪りません」

「伯母上、わが憧れのひとよ」

しっかり抱擁すると、景子も腕を背にまわしてきた。

汗ばんだ肌がかさなり、男女の入りまじった匂いが香る。接合部はいよいよ濡れそぼった淫猥音をたて、まるで茶の湯の点前の泡立ちに似ている。

「ま、参ります！」

丁寧な言葉とともに、景子の内部が収縮した。

「んおぅ！」

獣性の喘ぎに、清亮は伯母の本気を感じた。

誇り高く、しかも柔和で慈悲ぶかい伯母も一皮剝けば、色事に開けっぴろげな長屋の女房たちと変わるところはなかった。いやむしろ、おんなの悦びに餓《かっ》えているという意味では、彼女たちよりも貪欲に感じられる。

「んっ、あんっ、あん」

一転して、可愛らしい喘ぎの吐息が景子を少女にもどした。

清亮はしばらくその音色に耳を澄ましたが、清女のものとは違う。そこに母娘の痕跡は感じられない。

「もっと、突いて」

清亮は腰だめに景子の太ももを引き寄せ、深く打ち込んだ。子壷への擦過が心地よく、おんなの愉悦と一体になっていく感触。波打つ釣鐘型の乳房がうつくしい。

「伯母上」

「清亮どの」

もう何年も前から関係を持ってしまっているかのように、いまは馴染んで感じられる。伯母の鷹揚さとやさしさにほだされたのか、あるいは母親の景子には感じられない慈《いつく》しみの深みを感じているのか。清亮にはそれがよくわからない。

「んぁう、ふ、ふんっ」

キュッと締め付けてきた。喰い千切らんばかりの圧力だ。

「お、伯母上」

「もっと、しっかり抱いてたもれ」

ふたたび口を吸い上げ、厚めの唇の量感を堪能する。さらにむさぼるような肉の交合……。

「来たわ。あぁっ！」

汗まみれの抱擁のなかで、伯母はおんなの絶頂をきわめた。ブルブルと震える太ももの震源地は、まぎれもなく清亮を咥えた玉門の扉である。

「伯母上、痛い」

清亮が思わず口にするほどの肉の縛りだった。

「おぅん、あぁっ！」

ひときわ激しく、町人長屋にまでひびくような嗚咽《おえつ》とともに、景子が果てた。

同時に、清亮も背徳の証しを彼女のなかに放出した。

「ああ、流れ込んでくるわ」

「伯母上」

「清亮どの……」

そのまましばらく、結び合ったまま時間を忘れた。いにしえより、男と女が陥る罠とは、これであったか……。清亮は肉体それ自体が誘う、罠の正体を知ったような気がした。

　だがこれで、年上であるがゆえに自責の念からのがれがたい伯母に、謎を問い質すのは容易になった。

「伯母上、愉しゅうございました。そこで、お約束の件を」

「……清亮どの」

　清亮は威儀を正して、やや硬い口調で言った。

「お約束の、例の件をお答え願おう」

「は、はい」

　まだ欲情の残り香が冷えきらないのであろうか、景子は清亮の手を胸に掻き抱いたままである。

「では、お答えねがいますよ。清女どのは、誰のお子なのです？」

「じつは、……清女は、わたくしの子ではありません。何度か問われもしましたが、しかるべく説明は避けてまいりました」

「そ、その説明をぜひにも」

「清女はさるお方の種にて、ある不幸な女性が身ごもった赤子を、わたくしどもで養育を引き受けたのでございます」

神妙な物言いに、清亮はしばらく畏《かしこ》まった。

やはり、清女は血のつながりのない女子だった……。だとしたら、厄介払いをするような縁嫁の話は止めるべきだ。このわたしが貰い受けても、何ら不都合はないではないか。

もともと従姉弟なのだから、婚儀を申し出てもおかしくはない。晴れて夫婦になれるのではないかと思うのである。

「しかし、伯母上さま。さるお方とは？　不幸な女性とは誰なのです？　名前を明かさないのでは、まるで何も言っていないのに等しいではありませんか」

「いえ、清女には、そのようなことは詮索に値せぬと、そう申し渡しておりますれば……」

「何と！」

どちらかと言えば、物事をはっきりとする部類の伯母が、奥歯にものが挟まったような言いぶりをする。清亮はお仕置きのつもりで、彼女の乳首を摘み上げた。

「い、痛い」

「何を要領を得ぬことを仰っているのです。わたくしの質問にはまったく答えてないではありませんか」

「……」

「清女どのを、どこぞの御家人風情の者に縁嫁させるということですね？　よほど清女どのの出自を知られたくないからでしょう？」

「そんな……」

このうえ、清女を追い出すような縁嫁が進められるのであれば、絶対に許すべきではないとさえ思える。分家の次男坊が訴えても詮無いことかもしれないが、一寸の虫にも五分の魂だと思うのだ。

「言えないのなら、武清さまに掛け合いますぞ。最前は、分家の次男といえども軽んじてはおらぬと、お言葉をたまわったばかりです。伯母上は立場上なかなか言いづらいのかもしれませぬが、どうかお口添えください」

そこまで言って、清亮にはまだ言いあぐねるものがあった。清女を娶《めと》りたいと、喉まで言葉が出ているというのに……。

「このような関係になったのです。どうか、お口添えください」

「はぁ。でも、何を口添えせよと？」

「厄介払いのような縁組には、反対ということです」

「……」

自分の優柔不断が情けなかった。

「いま一度、訊きます。清女どのは、他家の生まれなのですね？　拠所《よんどころ》ない事情があるものと推察しますが、父母はずばり誰なのです？」

ややあって、景子が口をひらいた。

「殺されても、これぱかりは申せません」

「では殺してさしあげましょう。いいのですか？」

「むろん、覚悟の上です」

「……」

清亮が手を下せないとわかった上での、伯母の反応であった。言葉の尽きた清亮は、泣きむせぶように、彼女の乳房に顔を埋めるしかなかった。

「伯母上！」

聡明な伯母は感じとったはずだ。こんなことまでして問い質す本心を。

景子のつぎの反応は、はたして清亮が期待したとおりのものだった。

「……可哀相に……」

赤ん坊に乳房をあたえるような仕草で、景子がしばらく清亮を癒してくれた。

「清女のことを、そこまで想ってくれているのですね。やさしい清亮どの」

「……」

「武家においては、よくあることなのです。主家から脇腹の長子を預けられることと、不義の子を養子縁組すること、ほかにもいろいろと、あることとです」

「そうですか、よくわかりました。少なくとも、清女どのはあなた方夫婦のお子ではないと」

ややや沈黙があって、伯母が重たい声で言った。

「清女だけではありません。……あなたさまのことも、なのですよ」

「……!!」

清亮はしばらく、頭の中が真っ白になったような気がした。

景子が床から立って、水瓶の柄杓《ひしゃく》をつかった。蜜液をあふれさせせおびただしい涙を流したから、喉が渇いたのであろう。清亮にも水をすすめながら、彼女は言った。

「いずれ、お知りになるでしょうけれども、やはりわたくしの口からは申し上げられません。清女とあなたさまの母上のことです。聡明でお美しい方だとだけ、いまは申しておきましょう」

もうそれは、清亮のなかでは判明している女人であるはずだ。

「父は、父上は誰なのです？」

「それも、まだ申し上げるわけにはまいりません」

楚々とした風情が美しいと、清亮は思った。ことのついでだ、もう一度お相手いたしたい。

景子が柄杓の水を飲み干すのを待って、清亮はその美しい唇を吸った。

もう彼女は何も抵抗しなかった。むしろ積極的に清亮の頭をかき抱き、豊満な乳房を吸わせるのだった。

「景子どの、また欲しいのでしょう？」

「清亮さまったら。これでお仕舞いにしましょう、ええ、これでお仕舞い」

などと言いながら、身体を反転させて清亮のイチモツを頬張るのだった。

「あなたさまが、まだ麻布の学問所に通われていたころのこと。覚えておいでですか？」

清亮のものを頬張りながら、景子が物語った。

「そう、まだ六歳にございました。ものの弾みで、この魔羅が皮剝けになったのです。もう、あなたは痛がって痛がって、泣かれましたなぁ」

「そ、そうでしたか」

「わたくしが直してさしあげたのよ、痛がるから舌で舐めて」

「……そうでしたか」

まったく記憶になかったが、すでにその頃から清亮はこの美しい伯母に憧れていたはずだ。乳母にねだっては、麻布の別邸から当時は八丁堀にあった本家の役宅に連れていってもらい、伯母と清女に逢うのが楽しみだった、

「それでは十年ぶりに、伯母上に慈しんでいただいた魔羅というわけですね。玉門の中にまで入れていただけるとは、まことに夢のようです」

「それで、どうなさいます？」

景子がふぐりを舐め、竿立ちになったモノをたなごころで包んだ。

「口でいかせてもらえると」

「それもそうですけど、光子どのに訊ねてみますか？　あなたさまの生まれを」

ああ、そのことか……。だが、どういうつもりで？

清亮は景子伯母が光子と、かならずしも嫁同士の気安さを持っていないこと、それればかりかお互いに張り合うかのような態度で接していることを思い起こした。

「わが母上に、問い質せとおっしゃるのですか？」

「そのようなこと、口にはしておりません」

と、景子は明らかにはぐらかした。

そして何も言わずに清亮のふぐりに舌を這わせ、肥り肉の双肉のはざまに濡れそぼる玉門を見せながら、尺八に熱中するのだった。

この女《ひと》は、俺を操ろうとしているのか？　ええい、ままよ。それならば操られたふりをして、家中をこの手の内におさめてやろうではないか。

第三幕　出合茶屋で……

一

　このところ、母親の外出は頻繁になっている。母親ばかりではない。父親が御徒組の番所詰めが多くなったことで、自然と下屋敷の規律が弛《ゆる》みがちなのである。引き締める役の奥様が放蕩三昧では、下の者たちは弛みっぱなしということになる。

　今年三十二になる母は寺社参りや観劇の帰りに、かならず水茶屋に寄って時をすごし、家中の者たちへの手土産をわすれない。どこぞに間男でもあるのではないかと思われる遊びぶりに、家中の者たちが訝しむのを見越しての土産であろう。

その日、清亮はある意味では使命感をもって、母親のあとを尾行《つけ》た。家中の者たちにも知られないように外出する理由がよくわからない。実家の松平に石谷の様子を伝えているのではと噂する者もあるが、祖父の貞清が町奉行だった頃ならいざしらず、いまの石谷にとりたてて動向をさぐられる謂われはないと清亮は思うのだ。

伯母の景子が思わせぶりに、光子どのに問うてごらんなさいというのも無視できない。このさい、父に代わって母親の日常生活を糾《ただ》すのも、自分の出自を問い質すのも同じものに思えてきた。

母親とはいえ、乳母に育てられる武家の倣いで、幼いころから親しく接してきたわけではない。こうしてうしろ姿を追いながらも、つい見逃しがちになるのは彼女をあまり知らないからである。

日々の食事も当主と嫡男は書院で摂《と》り、下男や女中どもは厨房で、母親は奥にこもったまま顔を見せることはない。清亮のごとき部屋住みの者はといえば、女中が運んでくる膳をこれまた独りで食すという家族内別居なのである。

おっ、あれは旗本の某《なにがし》……？　母親の光子が路地で親しく声を交わした侍は、清亮も見知っている顔だった。そのまま二人が待合茶屋にでも入れば、昼日中からの不義密通ということになるが、そうではなかった。どうやら偶然通りがかったらしく、二人は挨拶をおえるとすぐに離れていった。

そして、上野の蓮池に近いところにある待合茶屋に、母親の光子は入ったのだった。

やはり遊びか？　清亮は自分の見立てが当たったので、ひとり悦に入った。それなりの仕掛けも準備してある。臆することなく茶屋の戸をくぐった。光子も三十女で、脂がのりきった女ざかりである。しかも若々しい美貌であれば、こんな行動も不思議ではないと、清亮も思うのだった。

「いま、二階に入った女人の連れだ」

そう言うと、茶屋の主は何も言わずに顔を伏せて一礼した。自分の大胆さがいっそう頼もしく、清亮をさらに勇気づけた。

「ごめん」

すぐ目の前に、母親の素っ頓狂な顔があった。

「清亮どの。な、なぜ、このような処に？」

「それはこちらがお訊きしたい話です。増上寺の庵に若い坊主を訪ねたり、あろうことか昼日なかに待合茶屋に入って、どこぞの男と逢い引きですか？　相手はどこの誰です」

「知りません」

「女人がひとりで待合に入るなど、聞いたことがありません」

「疲れたので、脚を休めに入っただけなのです」

そんな問答をしていると、路地から階上を窺っている者があった。

「ははぁ、あの者ですね。見れば、役者のようですが」

清亮が窓から身を乗り出すと、その男は袖で顔を隠しながら背を向けた。名は知らないが、たしかに歌舞伎役者である。

芝居で見知った端役の役者との逢い引きなど、お金が自由になる商家の女将や旗本の内儀にはよくある話だ。

「不義密通の罪で、ふたりとも縛り上げてもいいんですよ」

「そんな、何を証拠に」

「母上が晒しものになるなど、石谷の家の恥。いっそ、ここで成敗してさしあげましょうか」

自分の言葉とは思えない、しかもメリハリのある喋り口だ。

「ちがいます！　所用があって、会うだけなのです」

「語るに落ちましたね、母上。もう間男は退散しました」

路地に男の姿が見えなくなった代わりに、顔を見知った岡っ引の姿がある。

祖父が隠居してもなお、石谷家の下屋敷には町奉行配下の同心やその手先が出入りしている。その岡っ引は万一のために清亮が呼んでおいた者だった。どうやら母親の間男は、岡っ引の牽制で退散したらしい。

「だらしがない浮気相手よ。おぉい、もういいぞ」

と言う清亮の合図に、岡っ引がうなずいた。

「清亮どの、何用なのです？　どうするおつもりです？」

「ご心配なく、間男を詮議しようというわけではありません」

逢い引きの現場を、ほかならぬ自分の息子に摘発された光子は、困惑をかくせない様子だ。しきりに手ぬぐいで、ひたいの汗を拭いている。

「家中の者たちが噂をしております。奥様はとんでもないことをされているのではないかと」

光子は何も返せない様子だ。

「それとも、父上様が相手をしてくださらないからだと、開き直られますか？」

そう言うと、清亮は光子の小袖を引き寄せた。

「何をなさいます！」

「ははは、このわたくしに、何をなさいますですと？　他人行儀な言葉だとは思いませんか、母上」

「息子といえども、狼藉はゆるしませんよ！」

「その息子には訊きたいことがあるのです、母上様。わたくしは、本当にあなたの子なのですか？」

「な、何を言うのです！」

きっとした目つきが美しい。そして殊更に毅然とした反応にこそ、本当の真実があるのだと清亮は実感した。やはり秘密があるのだ。

「あくまでも実の親子と言い張るのなら、親子の契りを交わそうではありませんか、母上様」

「親子の契り、ですって？」

「さよう」

光子の胸を抱き寄せた。重みのある肉房に手応えがある。あらがおうとする美しい仕草は、母親ではなく女のものだ。

「何をなさいます」

困惑した表情のなかに、つつみ隠せない秘密を清亮は感じとった。

「種付けをしてさしあげますよ。わたくしにとっては、母胎の再訪ということになる。身体に記憶があれば、それなりに思い出すはずですね」

ここまで、清亮は想定問答をくり返してきた成果を確かめた。思った以上に能弁な自分を褒めたいと思ったほどだ。

「いったい、何を言っているのです」

「記憶がなければ、やはりわたくしの産みの母はべつにいるということになる。そうではありませんか。ぜひとも確かめてみましょう」

強引な論法だったが、清亮はその無理強いを気に入った。

「おやめなさい。ゆるしませんよ！」

あとずさった光子が柱に背をつけたのを合図に、清亮は猛然と襲いかかった。

「何をなさいます」

押入れの土壁に圧しつけ、輪っかにしておいた腰紐を手首にからめる。

「やめなさい！」

うしろ手に縛った腰紐を、変木《へんぼく》の床柱の枝に引っかける。これで光子は身動きできなくなったのだ。

「このような狼藉、ゆるされませんよ！」

「わたくしが実の子ではないから、ゆるされないのですか？」

「そ、そんな……」

もう光子は顔を真っ赤にしている。これほど取り乱した光子を見るのは初めてだ。

「簡単に白状するとは思っていません。景子伯母もついに口を割らなかったのですから、あなたが喋れようはずがない。ならば、わたくしの直感として、身体の記憶を確かめるだけです」

「……手を、ほどきなさい」

「いいえ、これから母上の子壺を訪ねます」

「なっ……！」

「わたくしは、ここから産まれたのでしょう？」

湯文字をほどきながら、下腹部のふくらみを確かめる。

「おやめなさい！」

「これが母上の、子壺」

光沢のあるふっくらとした下腹部、そのたおやかな曲線を撫でながら、どうあっても、まぐわいをすると宣言したのである。清亮は下帯を解いて、はやくもそり返っているものを育ての親に見せた。

「どうです、立派になったものでしょう。とは言っても、あなた様はわたくしを湯に入れたこともなければ、おそらく御湿《おしめ》を替えてくださったこともないはず。もしかしたら、初めて見るのではありませんか？」

すぐ目の前に男のものを晒され、光子が目をそらすのがわかった。やはり実の母親ではない、と清亮は確信した。

二

耳たぶのなかに、舌を突き入れてみた。お蝶に習った方法だ。

「何をなさいます」

そう言うと、光子は唇を噛みしめた。あくまでも感じまいとしている風情が、清亮の欲望に火を点けた。股間がカチカチに硬化してくる。

やはりこの俺は、抵抗する女子に燃えるのか……？　もはや身体が衝き動かすまま、育ての親を犯すという禁断の行為にも抵抗はなかった。

「城攻めにござる。まずは侍大将の首を討ち取り、本丸御殿はのちのち城門を開いたうえで、ゆっくりと堪能させていただく」

そう言うと、清亮は光子の首すじに舌を這わせた。

「おやめなさい！」

血の道に沿って吸い上げ、紅い徴《しるし》を付けてゆく。

「んっ、ふぅ……っ」

はやくも光子の吐息には、おんなの悦びのきざしが感じられる。清亮は彼女の胸もとに手を入れ、ふくらみの中に尖りをさぐった。

「んんぅ、あ！」

「ここですね、……硬くなっているではありませんか」

「触らないで！」

鋭い目つきでの拒絶に、清亮はますます男の部分が燃えるのを感じた。すでに母親の態度ではない女を相手に、子供である必要もないと思えた。

口を吸おうとすると、はげしく首を振って拒まれる。やむなく、ふっくらとした頬に唇をあて、チュッチュッと吸い上げた。

「お、おやめください！」

「やめませんよ。あなたはわたくしの母親ではなく、男遊びを好む女性《にょしょう》なのですから。わたくしが満足させてごらんにいれますよ」

「……、何という、失礼なことを。礼儀をわきまえなさい」

礼儀をわきまえろという光子の言葉を、清亮は本能的にわらった。

そもそもこの育ての母は冷淡で、息子に躾《しつけ》というものをしてこなかった。いや、育ての親ですらない、系譜の上での母親でしかなかったのだ。親しく言葉をかわし触れ合うこともほとんどなかった。その意味では、景子伯母のほうがどれだけ親身で、憧れを抱かせたであろうか。

「おやめなさい、わたくしは母親ですよ」

「これは驚いた。いまさら、母親らしくふるまうわけですか。わたくしに、あなたが教えを？」

「……」

この問いは、実母が誰かを質されるよりもはるかに、光子にはつらいはずだと清亮は思った。

そもそも彼女と自分のあいだには、およそ世間に云う親子の情というものはなかったはずだ。いま糾されているのは、母親としての彼女の責任ではなく親子の不実、二人の存在の不実にほかならない。

光子の乳首の根もとをねじりながら、清亮は自分のなかにある憎悪におどろいた。

「い、痛い」

「では、舐めてさしあげましょう。あなたがすべてを乳母にまかせ、授乳すらしなかったつぐないに、息子の吸乳を受けてください。いいや、堪能してください」

「ん、むぅ」

あきらかな嫌悪と喜悦が交錯し、光子の表情のなかに見え隠れしている。

おそらくその出自を知りながら、分家の嫁という立場上受け入れざるをえなかった俺という男児を、彼女は憎んでいたのではないか……。あるいは、腹を痛めた子との愛情の落差に悩み、その悩みからのがれるために俺を避けてきた?

清亮はずっと思い悩んできたことを、いま明確なかたちで言葉にすることが出来そうだと思った。彼自身もまた、この母親をどこかで憎んでいたのである。母親への思慕を満たしてくれなかったがゆえに——?

「乳を吸いますよ」

「ああ、駄目よ」

光子が目をとじた。

「乳母に聞きましたよ。兄上には乳を飲ませたのに、わたくしには一滴も与えてくれなかったそうですね」

などと、また清亮は恨みがましいことを言ってしまう。それはもう肉欲の言い訳だった。

「んあぅ。そ、そんなこと……」

根もとから乳首をふくみ、チュバッとつよく吸い上げる。ちょうど新鮮な貝柱のような感触で、舌先にはじける。

「んあぁ……んっ」

いったん吸ってから、舌先で溶かすように舐め上げてゆく。

「んんっ、んなぅ」

乳輪の毛穴にいたるまで、丹念に刺激して発情の芯をさがす。

困惑と喜悦のきざしが交錯したまま、光子の首すじが紅潮していくのがわかる。すでに紅い徴を付けられた耳の下の筋は、厚めに化粧をしなければならない状態である。乳首を真っ赤に染め上げてやりたいと思った。

「あっ！」

清亮が左の乳首を指先でころがしたのである。左の乳房の下にある心の臓が激しく叩かれるのを確かめながら、あたかも彼女の心を吸い尽くすような愛玩である。それは思いのほか厳しい責めでもあるはずだ。

「堪忍して、……清亮どの」

「白状する気になりましたか？　わたくしは誰の子なのです？」

「ああ、言えない」

やはり！　やはり、この俺は石谷家の血ではない。

「そうですか、言えないというのですね」

「ああ、ゆるして！」

これで光子が産みの親でないことは明白となった。その事実は、奈落におとされるような感覚と同時に、どこか解放感をおぼえるものでもあった。

「わたくしたちが血を分けた親子ではないと、認められるのですね。では、遠慮なく種付けをしますよ」

「だ、駄目です！」

清亮はためらわずに光子の股間に指を入れた。

「あ、あぅ！　おやめなさい！」

乱れた髪をゆすって、喜悦のきざしをうち消そうとしている。

すでに発情のきざしは明らかである。ヌルリと肉門の淵が濡れそぼり、雛尖が硬い膨らみとなって繊毛を持ち上げている。そのまま玉門を割れる寸前で、清亮はいったん気持ちを抑えた。まだまだ、ゆっくりと腑分《ふわ》けのようにこの女の内部を覗いてみたい。

「光子どの。この和布《わかめ》がびっしょりと濡れて、玉門がみずから開くまで責め立ててみせましょう、光子どの」

「ああ、許してちょうだい」

清亮はまず、光子の太ももを抱えるようにして脚をひらかせた。ムンと煙るように匂う女の香り、熱をおびた臭気が鼻腔をくすぐった。

「何を許すというのです？　わたくしとあなたさまはあかの他人。ただの男と女ではありませんか」

「いやよ」

鼠渓《そけい》部の骨の突き出しから外玉門の淵にかけて、清亮はゆっくりと勿体をつけるように舌を這わせた。いわば外堀から丹念に舐め尽くし、内堀の水が満々とみたされるのを待ってから攻め入ろうというのである。

「んあぅ、はあっ、はぁ」

片手で乳首を刺激しているので、そこからの反応が女の樹液を分泌させる。トロリと落ちた樹液は楕円の内堀に溜まり、噎《む》せ返るような女の匂いを放った。

「あう！」

清亮が菊門に触れたので、光子が尻たぼをわななかせた。

「そこは違います！　間違ってはなりません」

毅然とした声で、またぞろ母親らしいことを言うと清亮は思った。

「では、母親らしく導いてくださいますか？　間男と愉しむように」

「そ、そんな……」

「ふふふ、根っから助べえなのですね。わが母上は」

光子が顔を真っ赤にしている。

菊門のおり重なる襞に舌を這わせ、その一枚いちまいに唾液を送りこむ。光子の尻たぼがブルッとふるえる。玉門の奥、みずから記憶のない子壺を侵したら、つぎはこの穴に侵蝕の鋒先《ほこさき》を向けるつもりなのだ。

そしてあらためて、光子の玉門に舌先をすすめた。あふれるような蜜液で舌先が満たされる。

「あぁう」

内堀からあふれる淫水を舐め、縦楕円に口づけした。

「ん、あん」

ジュルッと音をたて、血のつながらない母親の淫水を吸い上げる。やわらかい粘度のある、濃密な味わいの樹液だ。景子の風呂あがりの樹蜜を味わった時よりも、はるかに濃厚に感じられる。

「おいしいですね、母上」

「……！」

光子は何をされたのか、すぐにわからなかったようだ。

「な、何をなすったの？」

「母上の淫ら液を飲ませていただきました」

「いゃーっ！　もう……」

はげしく首を振って、光子は何もなかったことにしたい様子だ。

「しかし、記憶にない味だ。やはり記憶にありませんね」

「言いますから、もう手をほどいて」

「言えばほどきます。言わなければ泣き狂わしてみせましょう」

光子は小さく首を振っているだけだ。清亮は雛尖に鼻の頭を密着させ、口いっぱいに女園をむさぼった。

「んあぁー、っ！」

女園の下方にある玉門に舌をこじ入れ、ヌルリとした肉襞をめくる。舌先にザラリとした無数の肉蕾が感じられた。

これが、この女の性欲の源泉であり、男を味わう触覚のようなものなのか？

清亮は光子の胎内のふるえる感触を頼りに、彼女の性感の芯をさぐった。

三

光子は心では拒みながらも、その肉体は侵蝕されるのを堪能しているように見えた。ときおり、キュッと玉門の入り口が収縮するのがわかるのだ。

しかし、清亮の我慢も限界に近かった。股間のものが痛いほど訴えてくる。玉門から顔を上げると、ゆっくりと腰をかまえた。

その動きを光子が察した。

「ああ、駄目です。なりませぬ！」

「どうやらお答えいただけないようですから、種付けをさせていただきます」

「いやぁーっ、駄目！」

ヌチャリとした音をたて、魔羅の先端を玉門にあてがう。

光子が狂ったように腰を左右に振り、挿入からのがれようとしている。困惑と哀しみの表情がいかにも妖艶だ。

「駄目です、駄目！」

「いざ！」

つぎの瞬間、清亮は十六になるまで母親だと信じていた女のなかに入っていた。

「……ん、んっ」

声を漏らすまいとしている、光子の風情がなまなましく母子相姦の痛みをつたえてくる。圧し出そうとする力が、かえって男のかたちを締め付けてしまうのだ。

清亮はゆっくりと、光子との結合部を前後に揺すりはじめた。光子が動きを合わせてくるのは、奥まで擦過されるのを怖れているのだろう。かなうならば、動きに乗じて外に排出してしまいたいのだろう。

それと察した清亮は、光子の片方の太ももを抱き上げた。そのまま肩までからげ、彼女の腰を動けないように固定したのである。

効果は覿面《てきめん》だった。光子は玉門を仰向けに、肉刑のような抜き刺しがはじまったのである。

「ああ、そんな……」

「確実に種付けをしてさしあげます。わたくしは育ての親を孕ませ、弟であるはずの息子を産ませるのですね。父上は何と思し召されましょう」

「ああ……」

「父上にお心当たりがなければ、不義を咎められましょうな、母上」

「おそろしいことを。も、もう動かないで!」

「どうします?　このままわたくしの種を受け入れますか?　嫌ならわたくしの質問にお答えください」

「いっ、言います!　お答えします」

清亮はいったん動きを止めた。曼荼羅華を亀頭に塗っているとはいえ、光子の妖艶な身悶えぶりに感応して、いまにも暴発しそうになっていた。

「さる御方の、あなたは……。あなたは、お預かりした身なのです」

光子の顔をおおっているのは、汗とも涙ともわからない。おそらくは、その双方なのであろう。清亮が初めて見る、育ての親のせっぱ詰まった表情である。

「ですから、誰なのです？　種も父上ではないと、そういうことですね？」

両親とも実の親ではないと、まずはそれを明確にしたかった。

「どうなのです？　わたくしは父上の子ではないと？」

清亮はふたたび挿入した。

「ひぃ！　そ、そうです。あなたは、父上のお子ではないのです。おおっ、おお」

光子が泣きむせんだ。

「では、誰なのです？」

「ですから、さる御方から預かった……」

もう一刻の猶予もならない。ここまで自分のなかで巡らせてきた考えを、清亮は吐き出していた。

「わたくしの産みの母親は、妙枝叔母ではないのですか？」

光子は何かに耐えるように目をとじている。

「そうなのですね？」

「……」

この沈黙が答えだと、清亮は確信した。

「よくわかりました。それで、叔母上の相手は、どなただったのです？」

「申し上げられません。どうか、おゆるしを」

「答えないと、本当に種付けを」

「ゆるして！」

実の母子ではないと確定したからなのか、光子の口調にはあきらかな変化がある。

「お願いでございます。もう、ここまでにしてください」

つい最前までは、命令口調で言い放っていた清亮を相手に、丁寧語の乱発である。清亮は思わず、その苦渋に満ちた光子の様子をいたわりたくなった。

推論を言ってみた。

「わたくしが思うに、叔母上の相手は幕閣の有力者であるとか、母上のご実家である松平の系譜の方ではないのですか？」

自分の父親を詮索するにしては、じつに冷静な物言いであると清亮は自分に感心した。ここまで取り乱すこともなく、光子からそれなりの回答を引き出したことに満足するとともに、自分を褒めたい気分だ。

それにしても、光子は「ここまでにしてください」と言いながら、玉門の扉をギュッと締め付けてくる。産道の肉襞をうねらせ、おびただしい内部突起で清亮のモノを刺激しているのだ。

「母上も、お好きな」

清亮は苦笑しながら抜き刺しを強めた。

「ああ、嫌よもう。ああ、堪りませぬ」

などと、相反する言葉を発している。おそらく光子は、武家の女子としての心と成熟した女性《にょしょう》とに引き裂かれ、いまや貪欲な肉体に支配されてしまっているのだ。

「ああ、駄目っ。駄目なのよ！」

そんな言葉は、光子自身にたいする叱責にほかならない。

「お、おおっ！　母上の子壺が、当たっています」

清亮には、本当にそんな気がした。血はつながっていないものの、息子のモノを奥底まで迎え入れたばかりか、初めて出逢った男を歓待するがごとき女体の反応——それは身分や形式を取り払った生身の男と女にほかならない。

その意味で男女の摂理に感動しながらも、清亮は欲望が命じるままに光子の奥の院を蹂躪した。窮屈な肉奥の天井が微細な吸盤となって、清亮のモノを刺激してくる。

「はあっ、はぁ、はぅ」

光子の激しい息づかいを間近に聴きながら、清亮は心身の解放感に満たされていた。

「んあぅ、堪りませぬ」

家中においても常に警戒感を解かず、けっして心の奥を見せることがなかった光子。実家である松平家の誇りが先に立ち、夫や子供たちにさえ打ち解けたところを見せなかった光子が淫欲に堕落し、こうして女の悦びに身を焦がしているのだ。

「母上」

清亮はあえて、光子を「母上」と呼びたかった。初めて、彼女の本当の姿に触れたように思えたのである。そしてそれは、長い年月を裏切りつづけてきた偽りの母親にたいする復讐であった。

ジュボッ、ニュポッと、淫らな摩擦音を立てながら、じょじょに抜き刺しを速めてゆく。お蝶にも褒められた冠状部が玉門を擦過する瞬間、光子の苦悶の表情が喜悦とともに、ひときわ極まる。清亮は彼女の喜悦が本物かどうか、手首のいましめを解くことにした。

「痛い思いをさせましたね」

思いがけない清亮のやさしさに感じ入ったのか、光子のまぶたに輝くものが浮かんだ。

そしていましめを解かれた彼女の手は、清亮の首にまわされたのだった。

「清亮どの……」

心地よいという言葉を呑み込むのが、清亮にも明白にわかった。口を吸うと、こんどは拒否しなかった。ネットリとした感触で、おたがいの舌を吸いあう。

この濃密な口吸いは、秘密の約定《やくじょう》の証しであろうか。きょうのことは、絶対に口外するなと言っているような口吸いである。清亮はこの偽の母親にたいする憎しみが、肉体の快感とともに消えていくのを実感していた。

「母上、上になりますか?」

「もう、母上はおやめください。わたくしは、淫らな女子なのです」

しおらしい、これまで耳にしたことのない声色である。

清亮が手を握りしめると、光子はそれに応えて握り返してきた。そのまま身体を上下に反転させ、ふたりは騎乗位に結び合った。太ももを締めて清亮のモノをくわえると、あでやかな繊毛を絡めながら、おしつつんでくる。

上になった光子は積極的だった。腰を斜めに変化させながら、清亮のモノを愉しむように締め付けてきた。弾力のある乳房が上下にタプタプとはずみ、見事な量感の臀部がうちつけられる。はげしい抜き刺しよりも肉襞の感触で男を味わう、性感が開発されつくした女ならではのまぐわいである。

「このような姿、淫らと思し召されますか」

などと、自嘲しながら堪能する光子のまぐわいに、清亮はすべてをまかせたいと思った。初めてこの女に親しさを感じた。

光子はもう喘ぎ声をはばからなかった。

「おぅ、つ……。うっ、うん、うんっ」

「み、光子どの」

「清亮どの」

おたがいに呼び合ったのが合図であるかのように、ふたりは同時に達していた。光子の胎内の蠢きに合わせて、清亮は精を放つ律動に身をふるわせた。

「ま、参ります。光子どの」

「あぁ、……清亮どの。も、もそっと抱きしめて」

光子のひたいからうなじにかけて、じっとりと喜悦の汗が浮んでいる。

「うっ！」

震えが走った。

「はうッ、……つはぁ！」

ブルブルとした震えが、やがてひとつになる。結び合っているモノの心地よさは、そのまま脳髄に達した快楽の反復となった。

「んっ、んあぅ！」

「お、おおっ」

おたがいに極めた実感が、しばらく時間を制止させた。ドクドクと速まるいっぽうの自分の鼓動が、相手のものと同化する不思議な快楽。清亮は悦楽が脳天に達するのを感じた。

泡立ったモノを抜くと、光子がブルッと最後の痙攣をみせた。そして、つぶやくように言うのだった。

「わたくしの身に、このようなことが……。悪い夢を見ているのです、そうですとも、悪い夢を……」

「悪い夢？」

清亮が問い返すと、光子は伏せながら嗚咽をもらした。

「あの人は、悪夢のような災禍《さいか》に遭われたのです」

「悪夢のような災禍、ですか？」

「そうなのです。あの方を襲ったのは、悪夢のような災禍だったのです」

どうやら光子は、自分のことではなく同年輩の義妹、すなわち清亮の母ではないかと思われる妙枝のことを言っているらしい。

「どういうことなのか、わかりやすく話してください」

清亮は床から起きて、威儀をただした。

「されば申しましょう」

と、光子が胸もとを合わせた。毅然とした美しさが清亮を気圧《けお》した。

「あなたさまのお父上は、名も知れぬ方なのです」

「名も知れぬ？」

「はい」

光子が語ったのは、清亮にはおよそ聞くに耐えない事件の顚末だった。

今年三十路になる妙枝がまだ十四のとき、彼女はかどわかしに遭ったのだという。上野寛永寺の祭日、乳母とはぐれた妙枝はゆくえ不明となり、数日後に町奉行所で保護されたというのだ。保護した同心は、ほかならぬ妙枝の父・石谷貞清の配下の者だったという。

「それから、ふた月後のことです」

と、光子は話をつづけた。

「わたくしは石谷の家に嫁いで二年目でした。妙枝が身ごもったので、出産したら我が子として育てるように、貞清さまと武清さまから仰せつかったのです」

「すると、かどわかした者に孕まされた？」

清亮は思わず声が震えるのを感じた。自分の父親は、どこの誰とも知れぬ賊なのか――？

「それはわかりません、わからないのです」

と、光子が疑問を引き取った。

「それにしても……。誰だかわからない、というのですね」

「それだけではないのです」

光子が涙ぐんでいる。

「生まれてきたのは、あなたさまと……」

「わたくしと、何だと言うのです？」

「妙枝どのは……。妙枝どのは、畜生腹だったのです」

「な、何と！」

畜生腹とは、双子だったというのであろう。そして清亮は、猛烈ないきおいでその顚末を理解した。

清亮自身は分家の次男坊として、もうひとりの赤子である清女はおそらく、本家の長女として養育されることになったのであろう。

「もう、これ以上はけっこうです」

と、清亮は光子の説明を遠慮した。

従姉だと思い込んでいた清女が、じつは姉弟の関係だった——。清亮はこれまでの自分の生き方のすべてを否定されたような気がした。

それでもなお、清女とのあつい絆を感じた。こうなった以上、清女と自分の将来を見定めるために、妙枝と会わなければならない。

第四幕　母上の閨室

一

ときの老中・柳沢美濃守《やなぎさわみののかみ》の使者が帰ると、清女は父親の石谷武清に呼ばれた。母親から申し渡すべきところを、わざわざ当主が伝えたのは彼のやさしさであろう。その話とは云うまでもなく、岩城という御家人との縁談の件である。

「先方はおおいに喜んでおる。よもや、清女に異存はあるまいな」

町娘ならいざしらず、武家の縁組を娘が自由意志で断われるはずはない。清女はついに来るべきものが来たと、父親の前にひれ伏すしかなかった。

「岩城どのは二度めの結婚じゃゆえに、そなたをことさら縛ることもなかろう。

役目上の関係もわしと密であるのだから、祝言ののちは、いつでも岩城どのともども顔を見せるがよい」

「は、はい」

「かの者を選んだのも、娘が嫁いだはよいが終生顔を見られずというのは、父親として辛いゆえのこと。こたびは柳沢様に頼み込んでの縁嫁であった」

「そうでしたか……」

「それはそれとして。婿殿を見ぬままの婚儀では、そのほうも困ろう。おりをみて岩城殿に引き合わせるので、準備に怠りあるべからず。よいな」

「はい」

別腹娘の厄介払いだと思い込んでいた縁組は、意外にも父親の娘恋しさによるものだったようだ。その気持ちを知って、清女は思わず涙ぐんでいた。もともと、彼女は父親が好きな娘なのである。

だが、いったん父親の前を辞すると、ふたたび哀しみが押し寄せてきた。

養い親であるとはいえ、この歳になるまで育んでくれた両親への感謝の思いはなおざりにしたくない。嫁ぎ先があることも感謝したいけれども、いとしい人と離ればなれになるつらさが、寒風のように身体をつきぬけてくる。

自室にもどると、思わず清女は声に出していた。

「亮さま、助けて！　あたくしを助けてください」

まるで、身体のなかを吹き抜ける風もろとも心が失われるような感触に、清女は自分の運命をのろった。


清亮が清女の婚儀の段取りを聞かされたのは、それから数日後のことである。ほかでもない、清女から本家の賄《まかな》い婦を介しての連絡だった。

その賄い婦は清亮の父・清正の帰宅に同道して来たのだった。

「お姫《ひい》さまが、ぜひにもと」

と、賄い婦は清亮を廊下の端に連れていく。

「これは？」

「お姫さまが渡すようにと」

高級な鳥《とり》の子料紙《こりょうし》にしたためられた文面は、婚儀の日取りが決まったことを伝えるものだった。

しかるに、このたびは一門をあげての祝言ではなく、持参道具も略しての嫁入りであること、まるで厄介ばらいされる身だと、その身の嘆きを清亮に訴えるくだりに、清女の悲嘆はあきらかだ。

　そして、母親に清亮と会うのを禁じられたことが「身のうえは清らかにとの母さまの申しつけで、貴方さまとも先日の逢瀬が今生の別れとなり候」としたためられていた。

　景子伯母がふたりの関係を感じとったのであろうか、それとも清亮そのものに含むところがあるのか。あるいは娘と清亮の関係を嫉妬して……？　必要にかられた成り行きとはいえ、清亮は伯母とのまぐわいを甚《いた》く後悔した。

「御分家の若さま、何か、お言付《ことづ》けは？」

「清女どのに、会いたいとお伝えください。今宵にも、会いたいと」

「それはかないませぬ。もはや姫さまは禊《みそ》ぎのために邸内の神殿にこもり、婚儀の日まで、お人に会われませぬ」

「なんと……」

　使いの賄い婦が帰ると、清亮はいつもは意識して避けている本殿の書院に、父親の清正を訪ねた。

　親しく世間話を交わしたり、親としての意見をたまわることも少ない。親への反発はこの歳の少年には珍しくはないとはいえ、本能的に避けてきた父親である。

「どうした、昌平坂のほうは面白いか？」

と、父親はいつもの言葉をかけてきた。何かといえば、この間の抜けた言葉だ……。

清亮は気をとりなおして言上した。

「父上さま、清女どのの縁嫁のことを聞きおよびましたが、ご本家にとって意味があることなのですか？」

「うん？　清女どのの縁嫁のぅ」

どうやら、本家では何も知らされなかった様子だ。このあたりに、自分と清女をめぐる家中の謎めいたものがあると、清亮は焦慮とともに意識していた。

「清女どのは、まがりなりにもご本家の長女です。しかるべき相手に、つまり吊りあいの取れた家中に嫁ぐのが筋ではありませんか。聞けば、相手は御家人とのこと、まことに面妖です」

などと、清亮は考えてきたとおりのことを、久しぶりに会う父親に詰問した。

「今年は曾祖父さまの十七回忌の法要もございますので、婚儀の件は先のべにされるよう、武清さまに御意見あるべく」

「ううむ。そうよのぉ」

役目あけで帰宅したばかりの父親は、めずらしく意見する次男坊におどろき、これはこれで本家に意見する機会を得たとよろこんだ。

「うむ、わしからひと言、兄上に申し上げておこう。そなたの具申となだが清女の縁談を先のべにしても、回避することまではできない。縁談を立ち消えにするほどの行動は、いまの清亮には自信がなかった。いっそのこと、ともに逐電してしまうことも、あるべからずや——。

それにしても、伯母と義母の言葉どおり清女が妙枝叔母の娘であったとして、本当に自分と姉弟なのか？　清亮はその疑問の前で立ち止まっていた。

それを確かめておく必要があるだろうと、清亮は妙枝に会う必要を感じた。ほかならぬ自分の産みの親にして、少女時代にかどわかしに遭った悲運の叔母に。

さらに清亮の想念は尽きなかった。もしかしたら、祖父の采配で妙枝叔母の身辺を清めるために、清女を格下の家に嫁がせるのではあるまいか。いずれにしても、清女が救援をもとめているのは明らかだ。清亮は妙枝に逢わざるをえないと思った。

もつれた糸を解きほぐし、少なくとも清女が心安らかに嫁ぐ覚悟を決められるように。あるいはまた、彼女の意志が御家の決め事をくつがえし、たとえば尼僧になる決意をもって縁嫁を拒否する？　万が一にも希望があるとしたら、姉と弟という関係を隠したまま、もしかしたら——。

清亮はその先にある考えを、目を閉じるように打ち消した。それは清女の出自の秘密をあばき、彼女の縁談を破談にするばかりか、ふたりだけで出奔《しゅっぽん》する結末までが見えてしまうのだ。

それにしても、どのような形で実母である叔母に会えばよいのか、清亮には想像もできないのだった。

二

女子を攻略する術にひいでた見本のような男が、じつは清亮の周囲にいた。

そう、昌平坂学問所の悪友である。名は小暮一平太《こぐれいっぺいた》という、清亮と同じく旗本の次男坊であり、けっして二枚目ではないがその色事の手腕は学問所一と自認するところだ。

このかんの事情を話すと、一平太は清女の件はもとより、妙枝のこともまかせろと大見得をきったものだ。

そんな女陰拘引《かどわか》し屋を名乗る、彼の日常を覗いてみよう。わが清亮も同道のことである。

一平太は、「きょうは講義もはやく引けたから、これから横山町の紺屋の売り子をからかいに参ろうではないか。うまくいけば、夕刻には上野の待合で極楽を体験させてしんぜる」などと言い放ち、いましがた紺屋街にくり出したところである。

「そんなことを、している場合ではないんだが、それがしの場合は」

と言う清亮に、一平太は鷹揚に言うのだった。

「お前さんの従姉を救出する計画も、まずは陣地戦を制しないかぎり画餅のようなものよ。まずはそれがしの手管に学びつつ、その実の母親という女を支配下に置くことではないか」

「支配下に？」

「事情を察するに、その実母は大殿の娘なのだから、縁嫁にかんして大いに発言権があるはずだ。そこから落としていく」

「でも、どうやって？」

「まぁ、きょうはその手慰みというわけだ。さぁ、横山町に行こう。前から目をつけていた、いい女がいるのだ」

横山町は今も昔も生地や染物など服飾問屋の聖地である。

もとは本願寺別院が明暦の大火で築地に移転した跡地に商店街ができたもので、その名は幕府の御家人横山氏の知行地に由来する。粋な江戸っ子たちはもとより、奢侈を好む旗本奴でにぎわう界隈だ。清亮は何か買おうと思った。

「新しい物を買う気でくると、浮かれた気分になるから不思議だな」

と、清亮は気分を変えて愉しもうと思った。

「それがし、女子を誘惑すると思うと、人が変わるので驚かれぬように」

清亮は帯を、一平太は目的の女子がいる店で褌《ふんどし》を新調しようという算段なのだが、女子を誘惑するという言葉はそれだけで少年たちの心を陶酔させる。

寛文年間はいまだ戦国時代の派手な気風が残ると同時に、町人文化がいまや時遅しと開花のきざしを見せるころだ。奢侈禁止令など後年の武家文化の衰退から考えると、武家の我が世の春ともいうべき時勢である。

「こいつを穿いてみたいんだが、奥にいいか?」

一平太はさっそく別嬪の売り子をみつけると、褌の試着を申し入れた。

「お武家さま。採寸いたしますので」

と言う年の頃二十ほどの売り子を、強引に店の奥に押しやる。

「褌ってのは穿いてみねぇことには合う合わないはわからないもの。それがしのふぐりがちゃんと納まるように縫われているか、生地の伸縮性も肌で感じてみなければ」

なるほどと思わせる一平太の言いざまに、清亮は感心したものだ。

「では、この小上がりで」

流行りの越中褌を手に、売り子が店の奥に案内した。帳場から死角になっている控えの間である。

「手間だが、袴を脱がしてくれるかな。どうやら紐を堅く結びすぎているようだ」

「は、はい」

「それにしても、そのほうは美形だな。清亮、そうは思わないか？」

「別嬪だね。人形町の廓なら花魁級の別嬪だよ」

「まぁ、お上手ですこと」

一平太の袴を脱がしたところで、売り子の娘は手をとめた。

「褌も脱がしておくれよ」

「……それは、ちょっと……」

褌姿になった一平太から、娘が目をそらしている。

「恥ずかしがるところが可愛い」

若侍ふたりを相手に、売り子もまんざらではない様子だ。

「ちょっと小袖の裾をめくって、湯文字を見せてくれないかね」

「ええっ、どうして？」

笑顔のまま、相手は顔をこわばらせた。

「竿を勃《た》たせて具合をみたいのさ。つまり、平時だけじゃなくて戦時の納まり具合を確かめておきたいね。お姉ちゃんの太ももを見たらもう、すぐにおっ勃って、褌の着け具合は即座にわかる」

「まあっ」

娘は顔を赤らめながら、ゆっくりと裾をめくった。朱色の湯文字があらわになり、健康そうな素肌がのぞいた。

「うはっ、美人の湯文字姿は格別だ。お姉さん、もうちょい。下の毛を見せちゃいただけませんかね」

「ええっ……」

娘の困った表情のなかに、あきらかな好奇心が芽生えている。太ももをピッタリと合わせながら、彼女は湯文字をめくり上げたのだった。

「おおっ、綺麗な下の毛だ。別嬪さんはこんなものまでうつくしい」

一平太は賞賛の言葉を絶やさない。なるほど、女を言葉であやつる方法もあるものだと、清亮は感心した。

はたして、売り子のやや薄めの下の毛を観察するうちに、一平太のイチモツは越中褌のなかで見事に屹立したのだった。

「よし、いい感じだ。これ貰ったよ。十二文でいいんでしたね」

「はい、まいどありーぃ」

売り子の頬に笑窪が浮かんだ。

「ところでお姉さんよ。お八つ時には店も終わりだね。茶屋につきあわないかい」

一平太は丁寧かつ強引である。こいつは見習わないとならん、と清亮は心底そう思った。

「さぁ、いいだろ」

「でも……」

「別嬪さん、いっしょに茶屋に行こう」

売り子の娘が顔を赤らめた。

「おい、一平太、だいじょうぶかい？　怖い用心棒がついてくるんじゃないだろうな」

清亮は気が気ではなかった。町娘を誘惑しているところを町の若衆に見られたら、ちょっと面倒なことになりかねないと思うのだ。

旗本御家人と町奴の喧嘩騒動はこのところ、昌平坂の学問所でも教授たちが直々に注意するほど増えている。その多くは女子をめぐるものであって、いわば男の本能的な闘争心に根ざしている。それは男女の人口比による構造的な矛盾なのである。

すなわち、江戸の町が武家社会という圧倒的に男性中心で成り立ち、女性の都市流入が追いつかない結果、男子四に対して女子一。しかも町人地の女子たちも武家屋敷への奉公が大半であるから、いきおい街角では若い娘をめぐって男たちの争闘が発生することになるのだ。

「おい、一平太。町娘をかどわかすなんて、やっぱりやめたほうがいいんじゃないか」

「だいじょうぶさ。こっちは二本差しだぜ」

その二本差しが危ないのだと、清亮は教授たちの訓示を思い出していた。若い町人たちは侍に刀を抜かせようと喧嘩を吹っかけては、その腕前と誇りを試す。抜けばただでは納められないのを知っての挑発である。なぜならば、斬り捨て御免の無礼射ちを覚悟のうえで、度胸のない武士をからかう冒険が目的なのだから。

けっきょく、彼は一平太のせいで新しい帯をあきらめるしかなかった。ひさしぶりに妙枝と会うことで、このところ清亮は身だしなみを気にするようになっているというのに。

出合茶屋に着くと、一平太はすぐに褌を着替えはじめた。いや、それにかこつけて自慢のものを娘に見せびらかしたのである。

「どうだい?」

娘はこんどは目をそらさなかった。

「あんた、子供だと思ったのに、すごいわね」

「ははは、それがしは十七になるんですよ。お姉さんみたいな別嬪を見ると、もうこっちのほうが収まりがつかないのさ」

「まぁ」

「尺八をしてくれないかね。その綺麗な唇でやってもらったら、あっという間に極楽だろうな」

娘が恥ずかしそうに苦笑している。

「なぁ、いいだろ。おい、清亮も褌を脱げ」

「じゃあ、やったげる。ひとりは手でいい？」

娘はすぐに一平太の股間に顔を伏せた。あまり慣れた風情ではないが、年上の女らしく気丈にふるまっている。股間をまさぐられた清亮も彼女のするにまかせた。

「おおぅ、堪らない。おぅ、そこそこ、裏側の縫い目が感じるんだ」

そう言いながら、一平太は娘の湯文字のなかに手を入れて、その内部をまさぐりはじめた。どうやら手応えがあったらしく、彼がニヤリとするのと同時に娘が魔羅から唇を離した。

「ああん、感じちゃう」

「もう濡れ濡れじゃないか、お姉さん」

「そんなこと……」

「お姉さん、ふたりの男とやったことはあるのかい？」

娘が首をふると、一平太は得たりとばかりに清亮のほうに視線を向けた。

「石谷氏よ、これからそれがしが指南するのは熟女泣かせの二人掛かりってやつだ。まずはこのお姉ちゃんの背中から抱いてくんな」

興奮してくると、小暮一平太は町人言葉になる癖がある。おそらく武士としての礼儀作法を解き放ったところに、彼の色事師としての真髄があるのかもしれない。その意味では出世に見放されたがゆえに侍の型にはまらない、旗本奴の典型ともいえる。

「まず、俺がお姉さんの乳を吸うから、そっちは首すじを舐めてやれ。例のお女郎に習った技で愉しませてやりな」

「そ、そうだな」

「ほう、いい形の乳をしてるなぁ」

一平太が小袖の胸もとをあばくと、娘の小ぶりだが形のよい乳房が露出した。熟女の景子や光子、それに体格のよい清女と、三人の豊満な乳房を見てきた清亮には、やや物足りない大きさに感じられた。

それを察したのか、一平太が娘を褒めるように言う。

「おい、清亮よ。乳は大きさじゃないんだぜ、感度さ。むしろ小さいほうがビンビンに感じるらしい。このお姉さんはどうかな」

「あんっ！」

一平太が娘の胸に吸い付くのと同時に、清亮は彼女の首すじに舌を這わせた。紅い徴を刻印しながら、おんなの肌にある性感の壺をさがす。

「んっ、んはぅ」

すぐに娘が喘ぎ声をもらした。

「そうら、けっこう感度がいいみたいだな。見ろよ、この乳首の大きなこと。ところでお姉さん、俺たちで何人目なんだい？」

などと、一平太は嬲《なぶ》るように言葉で責め立てる。

「つぎは双山《ふたやま》攻めだぞ。お前もこっちに来い」

一平太が娘の身体を抱きとめるように、清亮にうながした。どうやら、二人で彼女の乳房を愛撫するつもりらしい。

「男ふたりに吸われるってのは、いくら経験がある女子でも格別のものだろうぜ。どうだい、二人の男に同時に慈しまれる気分は？」

そう言うと、一平太が目くばせをしながら娘の乳首に吸い付いた。清亮もそれに従ったので、ちょうど双つの山が同時に責められる、なんとも壮絶な光景となった。

「あっ、あんっ！　あん」

声を我慢していた娘は、堪らずに喘ぎ声を吐き出した。

左右の乳房を同時に吸われ、しかもひとりは耳たぶの過敏な芯を刺激し、もうひとりは湯文字のなかに指を入れて秘奥をさぐっているのだ。おそらく初めて体験する二人がかりの愛撫に、身も心も蕩けてしまう様相だ。

「ああん、あんっ、あっ！」

「いい色合いになってきたぞ、薄紅色の乳にこの朱色だ。もう男に何とかして欲しいと、身体のほうが言ってるんだよ」

と、一平太が娘の発情を解説した。

「俺が正面に入って下になるから、お前はうしろから入って来い」

「えっ、どういうことだい？」

清亮がわからないままでいると、一平太が一気呵成に娘の秘部をつらぬいた。

「んぎゃう、んぁ！」

切り裂いたという表現がふさわしい、ある意味でそれは発情した女の肉刑だった。それでもすぐに、ジュクジュクと音をたてて男を迎え入れはじめた。

「さぁ、いいぞ。馬のように跳ねるんだ。俺をもっと愉しませろよ」

「んはぅ、はぁ」

一平太の言葉どおり、娘が彼の腰の上で跳ねはじめた。みずから好んでというのではなく、体内に増殖してしまった悦楽の炎に急かされるように、ひたすら跳ねて泣き悶える。

「おい、お前もこいよ。うしろから、この女子の身体に入るんだよ」

「ええっ……」

どうやら、一平太は娘の菊門を清亮に賞味させようというのだ。

「さぁ、もっと乳を揉ませろよ。揉めば揉むほど大きくなると言うぞ」

一平太はそう言いながら、娘の乳房をグイと引き寄せた。娘の身体が前かがみになり、結合部が清亮の目の前にせりあがる。それと同時に、彼女の菊門が襞の刻みをみせながらあきらかになった。薄紅色の中心が赤みがかった、綺麗な菊文様の肉襞である。

「それ、清亮。うしろからだ！」

「お、おう」

清亮は言われるままに、娘の背中におおいかぶさりながら突入した。

「ぎゃう！　そこは、そこは違います！」

一平太が首を抱きこみながら言う。

「うしろは初めてかえ？」

「そ、そんなこと、無理よ！」

と、娘が必死に尻たぼを動かしてのがれようとする。

「清亮、無理に押し込んでもうまくいかんぞ！　ヌメリを掬って、塗り込むんだ」

「わ、わかった」

それはそうだろうと、清亮も思っていた。

昨今は禁じられているが、衆道が盛んだった頃の思い出話として、年輩の元将軍家近習から教えられたことがある。家光公は気づかいのある御方で、近習たちとまぐわう時はかならず、里芋のヌメリや海藻をもどした粘液を用いたという。

それがかえって痒みをもたらし、思わず挿入を求めてしまったのだと。

清亮はふたりの結合部からしたたり落ちるヌメリを塗布しながら、ふたたび娘の菊門に侵入した。窮屈な心地よさに、心の距離まで満たされる気がする。

「んぎゃう！　んっ」

「いまによくなる。えも言われぬむず痒さが骨まで伝わって、脳の髄まで心地よくなるものだ」

と、一平太があたかも経験者らしく言う。

「おやめっ！　お、お尻がっ」

ええい、ままよと清亮が突っ込んだ瞬間、けたたましい悲鳴が茶屋全体にひびいた。

「ひと殺しだよ、殺されちゃう！」

「静かにしろ！」

「こ、殺されるぅ！」

階下から駆け上がってくる者があった。それも一人や二人ではない。

「何をやってるんだ、お前たちは！」

肩に入れ墨のある、屈強な男たちが五人ほど。清亮と一平太は思わず娘の身体から離れた。

「なんと、紺屋《こうや》のお嬢さまじゃございませんか。この若造たちに、いってぇ何をされたんで？」

「この野郎、おおかた旗本の次男坊三男坊だな。昼日なかっから遊びにうつつを抜かしやがって。こぉの道楽野郎めが」

一平太が慌ただしく逃げようとするところ、男たちが折り重なるように殺到した。不思議なもので、動けないままの清亮は捨て置かれたような格好になった。

そして、若者頭らしい男が言い放った。

「みればガキのくせに、魔羅だけは一人前でやがる。おう、このまま蓮池に放り込んでやれ。どうせ、腰のものを抜く覚悟はねえんだろう？」

などと、引導を渡したのである。

「どうだい、抜いてみるかい？」

一平太はいったん立ち上がったけれども、大の男五人を相手に立ち回る覚悟はない様子だ。清亮に合図を送るでもなく、その場にへたりこんだ。

「ざまぁねえや」

清亮と娘が見ている目の前で、両手両足をつかまれた一平太は振り子のように反動をつけられて、最後は蓮池に放り込まれた。ザッポーンという音に男たちの嘲笑がまざった。

「おい、行くぞ。お嬢さま、肩を貸しますぜ」

これまた不思議なことに、一平太を放り込んで満足したらしい屈強の男たちは、清亮には目もくれずに立ち去った。

「おーい、助けてくれぇ。拙者は泳げないんだ」

と、池のなかで一平太が叫んでいる。

「だいじょうぶだ、立てば足がつくはずだ」

清亮は情けない気分で悪友を救出したのだった。

三

「それはおぬし、呼び出して無理強いで押すしかないかもしれぬ」

小暮一平太は清亮にそう言った。蓮池の茶屋でさんざんな目に遭った翌日のことである。

このところ、御徒町の本家も茅場町の下屋敷も人であふれている。将軍家の日光参拝の警護の準備で、ほかならぬ清亮と一平太も道中の手配、人足の動員などで多忙をきわめているのだ。

「場所を外にする以上、時間はかけられまい。無理強いで押すのみだな」

「無理強いで、押す？」

「まずは、出合茶屋に呼び出せ。ぜひにも話したいことがあると伝えれば、向こうも脛《すね》に疵《きず》を持つ身だ。嫌とは言うまい」

育ての母親のこと、じつは叔母が実母だったという顚末を聞いた悪友は、石谷家の女たちの美貌を知っているからか、興味津々で身を乗り出してきたものだ。

「呼び出して、どうするのだ？　話の順序を、まず考えないと」

「なにを、問答無用。無理やり、まぐわうのさ」

「……！」

「それが親孝行というものだ。おぬしは、従姉と伯母はおろか育ての親までものにしたんだろ。今回は、拙者が手伝ってやる」

この男に、自分の一連の不行状ともいうべき内幕を話したことを、清亮は後悔しはじめていた。とくに清女とのことを面白可笑しく口にされるのは、彼女の素肌に触れられるようで気分が悪い。

「貴様が、手伝うだと……？」

「おう、俺の熟達した技をみせてやるよ」

手段に迷っているいまは、一平太の申し出を心づよいと思う半面、いったいどんなことになるのか不安がよぎる。

ええい、ままよ。このまま手をこまねいて、清女が不本意な婚儀に追いやられるのは忍びない。それに、この男との冒険はめっぽう面白いと思うようになっていた。蓮池に投げ込まれても、何らめげることのない大らかさがいい。

「まず、付け文をしろ。本家に遣いをやって、呼び出すんだ」

と、一平太が急かした。

「付け文だって？　想い人でもあるまいに」

「まぁ、いいから。呼び出せば何とかしてやる。さて、どんな卑猥なことをしてやろうかな。お前がおっかさんとまぐわっている最中に、おれが菊門に突入するってのはどうだい？」

「ええっ、貴様がおれに突入するわけじゃあるまいね」

「昨今のご法度で衆道は禁止されておる。ちゃんとおっかさんの穴に入るよ。それから、囀《さえず》りで尺八をしてもらいながら、おっかさんの玉門の奥まで舐めてやろう」

「やめてくれよ、もう」

気まじめな風貌で、酔狂な好色話をされると、気おくれと困惑が先に立ってしまう。

「いいや。お前さんが本当はやりたくて仕方ないことを、おれが代わりにやってやるのさ。そうだ、記念に下《しも》の毛をいただこう。それともいっそ剃って、かわらけ（無毛）にしてやろうかな。おとなの女がかわらけというのは、じつに可愛らしい」

「まったく……。酔狂だな、貴様というやつは」

「ははは、興奮してきたかい」

などと、年ごろの男の子たちの悪だくみの様相である。

生みの母親であろう女人に、色事の無理強いをする。およそ自分の頭では思い浮かばない計画に、清亮は興奮してしまった。

もともと清亮にとっては、幼いころから伯母の景子以上に憧れてきた女人である。それは母子という背徳の気配と同時に、みずみずしい憧れを汚す興奮であった。彼女が近江の地に赴いてからは、四年ぶりの再会になる。そう、面影すらもおぼつかない憧れなのである。

付け文は露見が怖いので、くだんの賄い婦に伝言を託すことにした。清女に逢いたい思いが募るかと思えば、妙枝に会える期待が膨らんでしまう。

　この俺はいったい、捉えどころのない男だと自嘲しては、その源泉である股間のモノを苦痛に感じるのだった。けっきょくのところ清亮は、思春期の耐えがたい病に囚われていた。


　その日、清亮と小暮一平太は上野蓮池の待合茶屋の二階に陣取って、妙枝が来るのを待った。場所は先日の遺恨でも晴らすつもりなのか、一平太が蓮池に投げ込まれた一室である。

　それにしても、賄い婦の注進で伯父夫婦にたくらみを察知され、叱責されるのではないかと胸が高鳴る。いや、たくらみが事前に露見したほうが、どれほど気が楽になることかと、清亮は胸の鼓動に悩まされた。

「おい、あれか？」

　若い町娘ふうの赤い小袖姿を、一平太が窓から指さした。

「ちがう、あんなに若くはないよ、いくらなんでも」

「そうだな、おぬしの実母だものなぁ。あの赤い小袖の女なら、五つか六つのときにお前を産んだことになる」

などと、一平太が間抜けなことを言う。

「でも、いい女だったな」

まもなく、清亮の記憶の淵にある面影が、路地のむこうからやって来た。

「おっ、これまた天女だな。さっきのより、数等上じゃあるまいか」

一平太が思わず感嘆したとおり、妙枝の水色の小袖姿はさっきの若い町娘よりはるかに美しい。おりからの陽射しで、肌が透けるようにうつくしい。清亮は思わず息を飲んでいた。

「おい、一平太、悪いがおぬしは席をはずしてくれ」

「え？　なにをいまさら」

猛烈な勢いで、一平太を同道したことを後悔していた。妙枝の魅力を独占したいというだけではない。うつくしい実母との再会が、清亮を考えていた以上に緊張させるのだった。

「悪いな。そこの、控えの間に」

言うがはやいか、清亮は一平太の首根っこをつかんで襖をあけた。

「ちっ、しょうがねぇなぁ」

「いよいよ出番になったら、出てきてくれ。いいな」

その出番とはどんなものなのか、判然としないまま、清亮は妙枝の到着を前に、背を伸ばして威儀を正すのだった。

まもなく、美貌のひとの姿は目の前にあった。

廊下で一礼すると、妙枝は聞き覚えのある艶かしい声で言った。

「ご無沙汰でしたね、清亮どの。本家のお屋敷は将軍家の日光参りの番役の準備とて、お忙しいありさま。それをおもんぱかってのお誘いと見受けましたが」

「人の耳があると憚られる相談内容ゆえ、このような場所にお越しいただきました。なにとぞ、ご容赦ください」

「このような処に呼び出されるのも、乙なものです。若い殿御とこうして」

などと、妙枝が顔を赤らめた。

どうやら、何も察してない様子だと清亮は思った。この人にとっては、腹を痛めたわが子からの呼び出しにも、その内容が思い当たらないというのであろうか。

清亮はわずかに傷つけられた気がした。

「おりいって話したかったのは、清女どのの縁嫁の件なのです」

「清女どのの、縁嫁の件ですか。なるほど、幼いころから仲が良かった清亮どののこと、案じておいでなのですね。あいかわらず、おやさしい方」

妙枝の微笑みのなかに、母親としてのものが混ざるのを清亮はハッキリと確かめたような気がした。

「それで、相手の旗本の方がずいぶんと年上なのを、案じておいでなのでしょう。わたくしも、じつはいささか驚かされたものでした。わが兄・武清どのに問うたところ、ご老中さまの仲立ちもあり、先方からのたってのお申し入れとか。そういう事情なら、やむをえないのではないかと得心したところです」

「母親として、許可したということですね。それで、清女どのは納得されましたか？　母上」

つぎの瞬間、あきらかに妙枝の顔色がかわった。

四

「いま、何と言われました？」

初めて見る、妙枝のきつい目である。

「あなたは本当は、わたくしと清女どのの母上なのでしょう？」

「誰がそのようなことを」

取り繕う風情の横顔に、もう答えはあきらかだ。

「いったい、誰がそんなことを……」

「景子伯母も光子伯母も、詳らかに教えてくれました」

と、清亮は方便をつかった。

「そんな、……あんまりです」

その妙枝の言葉には、我が子を奪っておきながら、何をいまさらという響きが聴き取れた。おそらく自分と清女を手放したとき、景子と光子は進んで養育を引き受け、妙枝はそれを奪われたと感じたのであろう。

「何ということ……」

と、妙枝が涙をみせた。

十四歳の娘がはからずも妊娠させられてしまい、世間体をはばかる一門の意志によって我が子を手放さざるを得なかった記憶が、そこに露わになったのだと清亮は理解した。そしてその不幸な赤子とは、ほかならぬ彼自身と愛する清女なのである。

清亮のなかにあるのは不幸な母親への憐憫《れんびん》ではなく怒りだった。自分たちを捨てた妙枝への怒りなのか、彼女をそこに追い込んだ者への怒りなのか、判然としないまま怒気を昂ぶらせていた。

「何をなさいます！」

「何をと訊くまでもないでしょう、母上」

清亮は強引に帯を解いてゆく。

「狼藉はゆるしませんよ！　わたくしは、そなたの母ではありません」

そんな反駁は想定ずみだ。

「では他人と申されるのですか。他人であれば遠慮なく、好きなように抱いてさしあげるまで」

「おやめなさい！」

「ここは出合茶屋ですよ、母上。男と女子が睦み合い、まぐわう処」

荒々しく妙枝の胸もとを分け、やわらかい肉の膨らみを引きずり出す。

「ああっ、駄目です！」

ブルンと揺れて躍り出したそれは、本来なら清亮が赤子のころに味わったはずの母親の慈しみの源泉である。やや小ぶりな形で、そのかわりに芯が感じられる乳房である。

「このようなこと、けっして許されませんよ。駄目です」

腕を組んで胸を防御しようとするところ、清亮は裾を割って妙枝の太ももを剝き出しにした。赤い湯文字をとおして、女の匂いがムッとひろがった。

「母上、わたくしは自分が産まれてきたところを確かめたいのです」

「いいえ、駄目です。こんなこと……」

「幼くして母に捨てられ、冷や飯食いの次男坊として辛酸を舐めさせられたわが身です。母親として、息子に教えることがあるはず」

妙枝が必死に首を振っている。

自分と同じ歳で誰か他人の子を孕まされ、しかも畜生腹ということもあって我が子を手放さなければならなかった母の悲哀。それを思うと、清亮にも躊躇いが浮かんだ。けれども、妙枝の太ももの艶かしさはそれにまさった。白く透明感のある素肌に静脈の青い色どりが薄紅色の血色と溶け合い、脂質の光沢が全体をほてった印象にしている。

思わずかかえるように抱き寄せ、多彩色の白磁のような太ももに唇を押し当てていた。

「あぁう、駄目ですよ。駄目」

湯文字を横にずらすと、女の漆黒がのぞいた。

「さわらないで！」

清亮は力まかせに湯文字をほどき、その部分をあらわにした。景子伯母や光子にくらべると、やや清楚な印象の菱形である。

「駄目よ！」

妙枝がけんめいに手で隠そうとする。

「んあぅ！」

力まかせに、グイと指をこじ入れていた。ヌメリが指先に絡みつく。

「しっかりと濡らしてるじゃありませんか。こんなに」

「言わないで！」

妙枝が両手で股間を隠そうとしたので、清亮は逆に彼女の首すじに吸い付いた。お蝶にその性技を教わって以来、年増女を籠絡するには最強の武器だと実感してきた。

「んなぁ、うぅ、うんッ」

妙枝の感度は、なかでも最高のものを感じさせた。悦楽の蕾に触れられてしまうと、どんなに拒もうとしても反応してしまう肉体。

「んあぅ、……おやめなさい！」

なるほどこの性感の高さがあってこそ、かどわかしに遭い不本意な出産を余儀なくされたのであろうと、清亮はみずからの出生の悲劇性をいまは客観的に眺めることができた。

首すじに紅い徴が鮮明になるまで吸うと、清亮は妙枝の喉笛から鎖骨、そして豊かな胸の膨らみに舌先を下ろしていった。股間を凌辱されまいと、必死に清亮の手を押さえているばかりで、妙枝の胸もとはもう無防備である。明らかに発情した血の色が乳房をふくらませ、その先端は褐色に充血している。

「ひッ！」

褐色の乳暈に舌を這わせた瞬間、妙枝の過剰な反応があった。

「お、おやめなさい！」

さらに、乳頭に吸い付いた。

「んあぅ！　んッ、うんッ」

そこは本来、清亮と清女が生育のために授乳をうける箇所だった。

「んあッ、やめてください」

清亮は防御の堅い下腹部への責めをあきらめて、両手で妙枝の乳房を揉みたてた。活発に動く生活のせいか、胸の奥にある筋力が手応えを感じさせる。景子や光子よりも、はるかに若々しい乳房だ。

「母上、これは……すごい」

「痛くしないで」

と、妙枝はあきらかに悦楽を待望している。

「では、ここに血を吸い集めましょう」

チュッ、チュバッと音を立てて、清亮は妙枝の乳首を吸いたてた。

「んん、んっ、うんっ」

それが母性愛を刺激したのか、妙枝のつよい情欲なのかはわからない。

けれどもあきらかに、みずから求めるように乳首への愛撫を彼女は愉しんでいる。理性では拒んでも、拒みきれないのが女の肉欲なのか――。清亮は女の業の深さをあらためて感じた。

「はじめてなのですか？　あなた」

と、妙が真顔で問うてきた。

「ま、まぁ。そうです」

瞬間、妙枝の目もとに笑みがやどった。

「では、教えてしんぜましょう。男と女子のことを」

妙枝はいったん身体を起こすと、みずから湯文字をほどいた。やわらかそうな菱形の繊毛が白日のもとに晒され、その奥にある女の花園に蜜液の輝きが見えた。

清女の前では無理に一人前の男を演じたのが嘘のように、妙枝の母性に接してみると大人ぶってみせる必要を感じない。ここは妙枝という女を、母親である以上に信頼したかった。

「お乳の吸い方はまことに上手です。少し甘えん坊なところがあるようですね」

「はぁ。母上のおっぱいが恋しかったのです」

「そうでしたか……」

もう妙枝は実母であることを否定しなかった。

「ではまず、女子を悦ばせることから始めましょう。女子が悦ぶのを見ると、仕合わせな気持ちになるでしょう？　女子が悦ぶのを聴くと、さらに悦ばせたくなるもの。それが男というものなのです」

そう言うと、妙枝が片膝を立てた。菱形の繊毛の先にある、肉芽の根もとをグッと中指で押し出し、真珠色の突起を見事に屹立させたのである。

「ここが、女子の最も感じるところ、雛尖です。でも、乾いたまま触れてしまうと痛いばかりで、かえって女子を苦しめてしまいます」

おおよそ知っていることだったが、清亮は初めて聞かされるように素直にうなずいた。

「そこで、玉門の御汁を塗りこみながらやさしく。やってごらんなさい」

「は、はい」

玉門にあふれている蜜液を掬うと、清亮は硬く尖っている先端にふれた。

「んっ、あぁ。気持ちがいい」

妙枝が指をそえて、接触に変化を持たせようとしている。

「こうよ、変化をつけて。こんどは、こっちから。んあぅ！」

コリッとした感触が指先にも心地よい。

「女子の表情をしっかりと見ながら。そう、見られるのを恥ずかしがりますけれど、それもまた男女の心の機微。んあっ、あふぅ」

小袖をはだけている妙枝の身体は、全体が薄紅色に染まり熱を帯びはじめている。ひたいの汗が、彼女の発情をあますところなく伝えている。

「つぎは玉門です。いつもは扉が閉じておりますが、熱を帯びてくるとこうして膨らみ、左右に開門いたします」

妙枝が手ずから玉門の肉扉を引っぱり、その構造を清亮に照覧させた。

「いかがです。便利に出来ていると思いませんか」

「は、はい」

「男子はここを好んで見たがります。まことにまことに、それは不思議なこと。このようなものを好んで見るなど」

女子が恥ずかしがるから見たがるのか、男が見たがるから恥ずかしがるのか。おそらく両方なのだろうと、清亮はまだ考えの途上にある。そんな理屈を抜きに、いまは鮑《あわび》のような生身をみせている玉門に興奮していた。

「玉門のなかに、指を」

妙枝に言われるとおり、指を一本。やわらかく呑み込まれる感触にもう一本、ザラリとした天井が迎えてくれた。

「奥まで、進めてたもれ」

妙枝が身をくねらせた。

「そこじゃ、清亮どの。むぉう、たっ、堪りませぬ」

秘奥の最深部にある、それは硬質の感触だった。おそらく子壺の入り口にあたる箇所であろうか、妙枝が身をくねらせながら喘いでいる。

「うんっ、んっつ……んぁ」

しばらく胎内を蠕動させながら、妙枝は女の絶頂をきわめたようだ。男の急激な絶頂とはちがって、ゆるやかな上昇と下降、そしてくり返しの絶頂が女にはあるのだと、清亮も知っているつもりだ。

妙枝の胎内、奥深いところの微動、筋肉の収縮を指先に感じていた。

「気をやられたのですか？」

「恥ずかしい」

と、妙枝が頰を赤らめた。

「こんどは椋鳥《むくどり》で、そなたも気持ち良くさせてあげましょう」

椋鳥とは、いわゆるシックスナインの体位である。性技を愉しむ奔放さの半面、ぜったいに息子との性交は避けたい、妙枝の意志がそこにあきらかだ。

「んっ、お、大きいわ」

「母上の……、綺麗だ」

ものを実母にほおばってもらい、みずからは産まれてきた箇所を舌技で慈しみながら、何としても母子で性器と性器を結び合いたい。清亮の欲望が頭のなかで大きく膨らみはじめた。

「母上、ちょっと待って」

清亮はあわただしく身体を入れ替えると、例の薬液を塗りこんだ。男の持続力を盤石にする、岡場所のお女郎秘伝の曼荼羅華である。

これでもう、少々のことでは先走ることはない。薬液がなじむのを自覚すると、清亮は威風堂々と屹立したものを実母の前にかざした。妙枝は若い娘のように顔を火照らせている。

「本当にまぁ、立派になられたこと」

「では、母上の玉門。わが古里《ふるさと》を味わいますぞ」

清亮にはもう何のてらいも、臆するところもなかった。堂々と成長した肉体をぶつけて、情の浅い実母の肉体を狂わせてみたい。その肌の奥にある奔放で淫乱な本性をさらけ出させてみせたい。

指を鍵の字に胎内深く挿入し、そこから雛尖の裏側を圧迫する。たまらずに雛尖が突出するところを、舌で舐め上げる。

「んあぅ！」

堪らずに、妙枝が清亮のモノを吐き出した。

清亮は余裕綽《しやくしやく》々で実母の急所を指で突き上げ、膨らんでいる性感の芯を舌先で嬲る。すでに時間をかけた性技で発情させられた美熟女の肉体は、微細な刺激にも過敏に反応するのだった。

「それにしても、母上の雛尖は大きいですねぇ」

女体を自在にあつかう優位が、そんなからかいの言葉になった。

「お黙りなさい！」

妙枝が荒い息を吐きながら目もとをけわしくした。

まもなく、連続した絶頂が妙枝の身体を襲った。ビクンと跳ねてしまう腰骨と太もも、そしてほかならぬ清亮のモノを握りしめている指先の痙攣に、彼女の絶頂はあきらかだった。

「母上、玉門がむなしく嚙み合わされたままです。わたくしのモノで満たしてさしあげましょう」

恍惚としている妙枝は、すぐにその意味を解さない様子だ。

「満足していただきます」

清亮が身体を入れ替えると、妙枝がはげしく首をふった。

「駄目っ！」

「いざ」

もうここまで開ききり、紅色に染まるほど発情した女子に挿入するのは布団にもぐり込むのと同じだ。首すじに吸い付きながら、太もものあいだに腰をすすめる。

すぐに、ヌチャリという接合音が聴こえた。

だが、清亮は反復しようとした瞬間に、ニュルッと標的から逸れていた。

「駄目よ、ぜったいに！」

と、妙枝が清亮のモノを押さえているのだ。

「ここまでです。ここから先は、また口でしてさしあげましょう」

などと、妙枝が顔を伏せた瞬間だった。

「そこから先はお預けとは、酷いじゃありませんか、御母堂」

その声は一平太だった。

「何者です？」

妙枝がものを握りしめたまま、腰だけあとずさった。

「清亮、お前はそのまま舐めてもらいいな。いま、この女がお股で魔羅を咥えたくて堪らないってところまで、この俺が追い込んでやる。それっ！」

一平太は妙枝の太ももを抱え込み、そのまま玉門に吸い付いたのである。

「きゃぁーっ」

「おい、一平太……」

ここまで見せつけられるだけだった若い男の欲望が、一気呵成に妙枝の股間にむしゃぶりついたのだ。

五

「こんな辱めを、見知らぬ男に受ける道理がありません」

と、妙枝がはげしく抵抗している。

「そう言うなよ、清亮を捨てたのは貴女さまなんですからね。助っ人のわたくしの罰も受けていただきますよ」

「おやめなさい」

「いいえ、やめませんよ。こんなに美味そうな獲物が目の前にいるのに、おめおめと退散できますすか」

「いったい誰なのです、あなたは！」

「いわゆる正義の味方、天狗仮面としておきましょう。いえね、天狗の鼻はほれ、ここに」

と言いながら、股間のものを誇らしげに見せるのだった。

一平太の支離滅裂な言いざまにあきれながら、清亮も自分のなかに嗜虐的な欲望が湧くのを感じていた。やはり俺は、女子をいたぶるのが好きなのか……？否定のしようがない、股間の反応である。

「清亮、いっしょに舐めさせてくれよ」

一平太が右の乳房に頬ずりしている。

「経験豊富なお母さまみたいだが、ふたりの男に同時に吸われるのは、おそらく初めてでしょうな」

一平太の意図を察した清亮は、ふたたびビクンと股間に手応えを感じた。

「んっ！……な、つつぅ」

妙枝が唇を噛みしめた。一平太の想像どおり、さすがの妙枝も男二人に乳を吸われるのは初めてのようだ。眉間にけわしいものが走り、目もとにうろたえる様子があきらかだ。

「気持ちよすぎて、もう堪らないって感じですね、お母さま」

「んっ、んあぅ！」

「お母さまの心のなかまで、しっかり吸い上げてさしあげますよ」

どうやら一平太は、言葉による責めを愉しんでいるようだ。黙々と妙枝の素肌を賞味している清亮には、それが励ましのようでもあり煩くも感じられた。

「また一段と、滑らかな御汁が溢れ出てまいりましたね、お母さま。喉が渇いたら申しつけてくださいね。こんなにたくさん溢れさせているんですから」

「お、お水を」

妙枝は二人の男、それも少年に嬲られる苦痛を悦びに転じたらしく、こころなし身体が伸びやかになっている。

「ちょいと、席をはずしますよ」

律儀に断わると、一平太が水を汲みに走った。こういう如才ない腰の軽さが、清亮の悪友にはあるのだった。

「どうです、母上？　息子とその悪友に嬲られる気分は」

「わたくしが、教えてさしあげているのですよ。あなたがた小僧っ子たちに」

気丈な妙枝はここにいたっても、男に屈したところは微塵も見せなかった。男に屈した形ではないまぐわいのなかに、武家女の気位の高さをしめしている。

その気位の高さを、木っ端微塵に打ち砕いてみたいと清亮は思った。

「母上はその、果てるときに取り乱して、お小水をまき散らす経験はおありで？」

「な、何のことです」

ちょうど、一平太が手桶と土瓶に水を汲んできたところだ。

「母上に飲ましてあげてくれ」

「へいっ、旦那さま」

などと、一平太がおどけながら妙枝に水を飲ませた。

「一平太よ。女子が果てるときに、玉門から潮を吐くという話を聞いたことがあるもんで、試してみたいと思うんだが、どうだい？」

「そいつぁ、俺もまだ見たことがないんだ。お母さままで検分してみるかい」

「なっ、何を言ってるの！　あなたたちは……」

妙枝が顔をこわばらせた。

「ははは、もう遅いですよ、お母さま。たっぷりと飲んだばかりじゃありませんか。ほら、チョロチョロッと音がして、お母さまの胃の臓から下の方へと、水が落ちてゆくところです。ほら、また聴こえた」

「そんな……」

一平太が嬉々としている。

「ご存じですか？　五臓六腑を満たす水はいったん入ったら、逆立ちしようが飛び跳ねようが、小水袋に向かって一目散に進むのですよ」

それは清亮も医術学の時間に習った、人間の身体の不思議である。講師に逆立ちさせられた上で、無理に水を飲まされる実験だった。

「ご自分でも、その動きがわかるでしょう？」

「女子にお小水を強いるなど……、とんでもない」

はやくも兆しているのか、妙枝が顔をこわばらせている。

「では、お母さま。心地よく放尿できるように、いったん気をやりましょう」

一平太がふたたび妙枝の乳房を舐めはじめた。

「んぁ、んんうっ」

清亮も負けじと、大きな膨らみを見せている乳首に吸いついた。

「い、痛い。痛いのよ」

妙枝が痛みを訴えてくるのを、清亮はしてやったりと無視した。乳首への愛撫を痛がるのは、感じすぎてしまっている女の言い訳にすぎない。痛いと言った唇から涎がこぼれ落ち、悦楽の高原をさまよう女の表情がなまめかしい。

「うっ、ううんっ」

妙枝が清亮の頭を抱きしめてきた。ついさっき、軽く気をやったばかりの胎内が疼《うず》き、絶頂への欲望に衝き動かされている様子だ。

一平太もそれに気づいているようだ。

「清亮よ、そろそろ入ってさしあげろ」

清亮が顔をあげると、一平太が妙枝の下腹部に目を這わせた。

「おい、遠慮するな。このままじゃ、蛇の生殺しだ」

「わ、わかってるよ」

清亮がなまめかしい太ももを抱いて、膝を折り曲げようとしたとき、妙枝が意外な反応をみせた。

「清亮どの、そこにある薬瓶を取ってください」

「は？」

もはや母子相姦の覚悟を決めたのか、いたって落ち着いた声である。

「桜紙の向こうに、隠してある瓶のことです」

妙枝が言うとおりに枕もとをさぐると、匂い袋に入れるほどの小瓶があった。

「それを、わたくしに」

乳房には一平太がむしゃぶり付いているにもかかわらず、妙枝は肩を大きく上下させながら小瓶を手にした。

「女子が最高地に達したときに、子種は最も有効に種付けできます」

「は、はぁ」

「きょうは、そなたの精を受けるので、このホオズキの搾り汁をわらわの子袋に入れておきますが、これから教えるのは孕ませの術です」

そう言うと、妙枝は胸に吸い付いている一平太の頭を引き離した。

「孕ませの術？」

「さよう。一平太とやらも、よく聞いておきなさい」

「は、はい」

どうやら、にわか性術講話がはじまる様相だ。まだ童顔のある少年たちに翻弄された悔しさから、妙枝がそんな性術談義をはじめたのかどうか、清亮には判然としなかったが興味はある。

「女子が子を孕む瞬間というものを、しっかり知っておけば百発百中なのです。そもそも子づくりは、この泰平の世の中では武家のたしなみ。いいえ、お世継ぎなきは家の傾き、国が滅亡する危機なり」

「しかし、女子が孕む瞬間など、わかるものでしょうか」

と返す清亮を、妙枝がわらった。

「体験した者が言っているのですよ、心して聞きなさい」

ホオズキの搾り汁を胎内に塗り終えた妙枝は、太ももを合わせながら床に横たわった。そしてゆっくりと清亮の手をとり、たわわに実る乳房にみちびいた。

「口を吸って」

清亮が無言で応じると、両腕をからめてむしゃぶり付いてくる。母子とは思えない熱烈な抱擁をまのあたりにして、さすがの一平太も気おくれしている風情だ。

「では、わらわのなかにお入りなさい」

片膝をおりまげ、玉門の縁のめくれを気にしながら清亮の腰をみちびく。一平太が目を皿にして見守るなか、この日はじめて実の母子は肉の接合を果たしたのである。

「んッ、んあぅ！」

妙枝が唇をかみしめた。

「ううっ、母上さま」

「清亮どの、もそっと奥へ」

景子伯母、光子叔母にくらべて、締め付ける力がつよいと清亮は体感していた。まだ締め付ける技がない清女の、しかし若い窮屈さとももまたちがう。

「き、気持ちいい、母上。うわぁ、締め付けてくる」

「一平太とやらも、こちへ」

「は、はぁ」

「あなたは口でよくしてさしあげましょう。腰を突き出しなさい」

言われたとおり、一平太が硬くなっている肉棒を突き出している。手練の妙枝は二人がかりで発情させられたお返しに、上下の口で相手をしようというのだ。

はたして、そんなことが可能なのか……、清亮は思わず女子の底力に目を瞠《みは》っていた。

「むぅう」

玉を握られ、竿を喉奥まで呑み込まれた一平太は、はやくも喜悦の表情である。

「清亮どの、もそっと腰を前に。そう、わらわの骨とそなたの骨が当たるように」

「こうですか？」

清亮はイチモツの根もと、下腹部の骨が妙枝のそれに当たるように腰を突き出した。

「うむ、そうじゃ。さすれば、わらわの雛尖が心地よく、そなたに突かれる。んっ、んんぁ、あっ、んうっ」

清亮がパンパンと音をたてながら打ちつけると、妙枝が苦悶と喜悦の入りまじった表情で悶えはじめた。

「おぅん、あん、あん、あんっ!」

思いがけないことから実母だとわかった女。しかも熟達の艶女を燃え立たせていることに、清亮は自信をふかめた。妙枝に股間をしごかれながら、母子の結合を羨ましそうに眺めている悪友のまなざしも心地よく感ぜられる。

「清亮どの」

と、妙枝がささやくように言う。

「まもなくです。わらわが気をやるときに、同時に精を放ちなさい」

「は、はぁ」

「わらわの子袋がゆっくりと、前にせり出してきますがゆえに、そこを狙い射ちじゃ」

子袋がせり出してくると言われて、清亮は女子の身体の不思議をあらためて感じた。

毎月毎月、浴びるような血道で身体をけがし、そのことによって子を成すという女体。男の精を迎えるように、子袋がせり出してくるというのだ。

清亮は腰をそらすようにして、妙枝の突き出す箇所に股間の骨をぶつけた。奥のほうでキュッと締めつけてくるのがわかる。くり返し、彼女の雛尖を嬲りながら子袋がせり出してくるのを待望した。

「清亮、そろそろですよ」

「母上、上になってください。母上の乳がゆれるところを見たい」

「清亮どのったら」

清亮が仰向けになるのに引っぱられ、妙枝が騎乗位になった。息子を組み敷くのはまんざらでもない様子で、彼の希望どおりふくよかな乳房を上下にゆすりながらのまぐわいである。

「うわぁ、堪らないよ」

うっかり、曼荼羅華を塗布しないまま、生身の擦過のくり返しに清亮は我慢の限界を感じた。

「母、う、え」

「清亮っ!」

「うっ、来た来たっ!」

ずーんと脳天に突き上げてくる快感。清亮は菊門に力をこめて我慢しようとした。

「清亮、いっしょに！」

「んあぅ」

つぎの瞬間、ふたりはお互いの手をにぎりしめて昇天した。

胎内から降りてきた妙枝の生命の源と清亮のおびただしい分身が溶け合って弾ける。そんな感触まで、清亮は体感したような気がした。

清亮と妙枝が同時に絶頂に達したのを確認すると、蚊帳の外に置かれていた一平太が身体を密着させてきた。

「い、一平太、何を？」

「ふふふ、御母堂のおいどを戴きたい」

言うがはやいか、一平太が妙枝の双臀にむしゃぶりついた。

「ひっ！」

「清亮のお母さま、お尻を賞味させてください」

やおら一平太は双臀のはざまに舌を入れると、まさに清亮と妙枝が結合している部分の縁を舐めはじめたのである。妙枝の伸びている肉鞘を舐めるばかりか、肉鞘が包んでいる清亮の肉棒にも、その舌技がおよんだ。

「おやめなさい！」

「やめろ一平太！」

妙枝が上になっているので、清亮は身動きができない。くすぐったい感触が一平太の舌先だと思うと、まるで毒虫に侵蝕されるような気がする。

「やめてください、一平太とやら」

「そのままつづけてください。わたしのほうは、お母さまのヌメリをいただいて、こっちに」

「ひぃっ！」

「いったい何をやってるんだ？　一平太！」

妙枝の肉唇から採取した蜜液を、一平太はなんと彼女の菊門の微細な襞に塗り込んでいるのだ。

清亮はすぐにその意図を理解した。紺屋の娘を茶屋に連れ込んだときにこころみたように、ふたつの穴を同時に責めようというのだろう。

「お母さま、うしろから失礼します」

まだ一平太は十六歳のくせに、女体調教を術とする老獪な中年男のような口ぶりである。

「この尻たぼのやわらかいこと。まことに観音さま」

「んぎゃう！」

妙枝が顔をしかめた。一平太の巨根が彼女の排泄孔を割ったのだ。

「だっ、駄目よ」

さすがの妙枝も、せっぱ詰まった声である。

一平太は妙枝の腰骨を両手でつかみ、腰全体で豊満な双臀の感触を愉しむように密着させている。すでに鰓《えら》の張った亀頭が妙枝のはらわたのなかで暴れているのだろう。妙枝が顔をしかめて苦痛に耐えている。

「つっ、つぅ……」

「一平太、痛くしても仕方がないんだろ！」

「いいや、そんなことはない。御母堂はもう悦んでおられる。しっとりと汗ばんで、腹のなかをうねらせて」

「い、痛いわよ！」

と、妙枝がふり返った。

「そうですか、では、もっと気持ち良くなるまで頑張ります」

一平太が音を立てて、いそがしそうに腰を打ちつけはじめた。そして間もなく、一平太が言ったとおり妙枝の表情は苦痛のなかに喜悦が混ざりはじめた。

「あ、あっ、あんっ」

それはあきらかに、自然と押し出されてくる喘ぎ声だった。

「母上……」

一平太に突かれるまま、妙枝が腰を揺すりはじめたのである。

「んっ、んあっ、んんむぅ……っ」

妙枝が雛尖を押しつけてくる。それは身体が勝手に絶頂をもとめる、女の哀しい性にほかならない。男二人の愛撫に発情させられ、ついさっき女の絶頂をきわめたばかりの身体である。

「んおぅ、おんっ、んぉ」

牝獣の咆哮のような喘ぎを残しながら、妙枝が気をうしなった。なおも彼女の尻を犯しつづける一平太を、清亮は両手をさしのべて制したのだった。

「一平太、もういい。もういいよ」

そして崩れ落ちてくる妙枝の身体を、やわらかく受けとめた。

六

かるい失神から覚めると、妙枝はさばけた口調で二人の少年をねぎらった。

「このわたくしを本気にさせるばかりか、気を失わせるまで励んだのですから、殿御としてもはや一人前。褒めてさしあげます」

「ははっ」

清亮と一平太は異口同音に返事をして、その場にぬかずいた。

「ところで、清女のことを案じておいでででしたね？」

清亮は顔をあげた。

「はい。縁嫁のこと、見直してあげたほうが……、清女は困っておるのではないでしょうか。そのような書状、届きましてござる」

清亮がそう言うと、妙枝はしばらく彼の目をみつめた。

「そ、それと。つまり母上、まちがいなく清女は貴女さまの娘。わたくしの姉なのでしょう？」

ややあって、妙枝が目をふせた。

「さようです。あの子も闊達なばかりかと思うておりましたが、最近はぼんじゃりした（おっとりと愛らしい）娘になりました」

ついに妙枝がそれをみとめた。

「わたくしのように、いかず後家にするのは、いかにも忍びないこと」

「それで、母上も清女の婚儀を、認められたのですか？」

「認めるも認めないも……。そなたの、清女への想いはわかっておりますが、それは叶わぬこと。そうであればこそ、ご年輩の御家人家への嫁入りで、しかも兄上の配下の者なれば、気やすく里帰りもかないましょう」

「つまり、表沙汰にできない出自ゆえに、格下の家に嫁に出すというわけではないのですか？　なんと、不憫な」

「そうではないのじゃ、清亮」

と、妙枝が清亮を呼び捨てにした。

「もう、そなたも清女も大人になったも同然。こういう形で母子の語らいをするとは思ってもみなかったけれども、わたくしも兄上も告げるべき時期と考えておりました。わが兄武清も、清女の育ての親なればこそ、老中柳沢様にご依頼しての縁嫁じゃ。そなたも賛同してくださらい」

「……」

妙枝が口にした「そなたの、清女への想い」という言葉で、清亮は報われたような思いに浸った。さらに妙枝は言った。

「婚儀のことはともかくとして、そなたのその想い、時と場所を選べば、かなわざるべからず」

「え？　わたくしと清女がですか？」

何も答えないかわりに、妙枝は微笑を返してきた。

妙枝の母親らしい思いやりを感じて、思わずまぶたに手をやっていた。

「それよりも清亮。大殿さまから、いやご隠居さまからいずれお達しがあろう。そなたは石谷家の重要な役目を果たすべき立場に、いずれなりましょう」

「わたくしが、重要な役目を？」

「本日はここまでじゃ。ひさしぶりに、よき心地を味わった」

という妙枝の目の奥に、獰猛な猛禽類の瞳のかがやきを見た。この女《ひと》は、すさまじい女子かもしれない――。

第五幕　側室強襲

一

妙枝との密会から数日が経った。

その日、石谷本家の先代、貞清に呼び出されたのは清亮が昌平坂の学問所からもどって半刻ほど経った時分である。

「ご隠居さまに、粗相のないようにお出ましあそばしまし。草履は新しいものを準備しておきました」

このところ、継母の光子は清亮を男として意識した風情がある。

一人前の侍として認めてくれたのならこの上ない喜びだが、あのような形で肌を合わせたことが尾を引いているのだとしたら、なにやら面はゆい気がする。ふたたびの凌辱を期待されているように思え照れ臭くもあり、内心ではくすぐったくもある。そしてある種の疎ましさも。

「では、行ってまいります」

「お気をつけて」

実母の肉体を知ってしまったいま、育ての親ともいえない光子はひとりの女にすぎない。女に慕われる思いがこれほど心地よく、しかし疎ましくも感じられるのは意外だ。

御徒町の上屋敷に着くと、なじみの女中が丁寧な挨拶をくれた。清女の所在を尋ねると、しばらく増上寺の庵に滞在したままだという。

嫁入り前の修行と同時に、身を清めるとでもいうのだろうか。厨子入《ずしい》り仏を持参しての入庵らしい。

表座敷では、ご隠居さまこと石谷貞清が待っていた。

「活躍のほどは聞いたぞ、清亮」

「へっ……ええっ？」

清亮は天地がひっくり返ったのではないかと思った。

ご隠居様こと石谷貞清の隣りにはべっているのは、妙枝だったのである。にこやかな風情で、貞清にしなだれかかる様子だ。

「清亮。石谷家の女どもをことごとく攻略するとは、そなた天晴れ者よ」

「うっ、うへっ」

ひたすら平伏するしかなかった。ひたいは玉の汗である。

「この妙枝から孕ませの術も授かったとのこと。さっそくじゃが、そなたに役目を与うるものなり。心して聞け」

「うははっ」

清亮が額《ぬか》ずくと、妙枝が顔を上げるよう手でしめした。

「清亮どの、顔をあげてお聴きなさい」

「清亮。そちも知ってのとおり、上さまにおかれてはいまだお子がない。御台所さま亡き後、ご寵愛の側室・お振《ふり》の方も亡くなられた。新しくお部屋さまになられた女人にも、めでたき話これなく、いまや将軍家御世継ぎのことが危ぶまれておる。将軍家に嗣子《しし》なくばこれ、すなわち天下の一大事なり。この儀はわかるな？」

「は、はいッ」

「そこで、そこもとに密命をくだす。数日のうちに大奥に忍び入り、存分に男を発揮してくるがよい」

「お、男を発揮するとは？　ど、どのようなことで？」

「お満流《まる》の方に、子を孕ませてまいれ。種付けじゃ、種付け」

「……ええっ！」

思わず妙枝の顔を見ていた。お満流の方というのは、新しく将軍の側室になった若い女人のことである。

「清亮どのよ。わたくしがお教えした孕ませの術、そなたの床技をおおいに発揮するのです」

「はぁ……」

清亮は茫然としていた。おそれ多くも大奥に侵入し、四代将軍家綱《いえつな》ご寵愛の側室を妊娠させてこいと言うのだ。

「大奥には荷駄《にだ》とともに、行李《こうり》に入って潜入するべし。それから、そなたの昌平坂の学友に、有無を言わせぬ剛の者があると聞いた」

「一平太とか申す者。まことに強引なる者です」

と、妙枝が言い添えた。

「うん、その者を僧形に仕立て、表から大奥に入れよ。先の御台所《みだいどころ》とともに京から下った女中たち、とくに御中臈《おちゅうろう》が何かとお部屋さまの伽《とぎ》の邪魔をするという。その剛の者にまとめて面倒をみさせよ」

「面倒をみるとは、その、やはり男を発揮するという意味で？」

「うむ。なかでのことは、妙枝が大目付の名代としてふるまうゆえに、心配にはおよばぬ。しっかりと、抜かりなくのう」

「ははっ」

「それからの、清亮。万が一にも、京からの女中たちに見咎められた場合は、いさぎよく腹を掻っさばいて果てるがよい。すでに顔も凛々しく、あれのほうも立派なれば、まだ九歳だなどという抗弁は通用せぬであろう」

「へっ……」

「清亮どの。この母が死に水をとってさしあげますゆえ、お覚悟めされよ」

「は、ははっ」

とんでもないことになったと思ういっぽうで、尊敬する先代さまから天下の一大事を左右する役目をたまわったのである。清亮は思わず身震いした。

二

「お出なさい」

と言う妙枝の声で、行李が開けられた。ちょうどいましがた、七つどき（午後四時）の鐘が鳴ったところだ。

男子禁制の大奥とはいえども広敷《ひろしき》には多数の男性用人があり、大奥御典医や調理担当の賄《まかな》い用人、僧侶、営繕の大工など、男たちの出入りは少なくない。

だがそれも、七つどきまでには仕事を終えるので、夜の大奥は女の園にもどる。

唯一、九歳以下の弟や甥など女中の身内の男子が宿泊をゆるされているが、十六歳の清亮では貞清が言ったとおり、言い訳として通用するものではない。行李に入るとき、清亮はこのまま帰れないのを覚悟したものだ。

大納戸で外に出ると、僧侶姿の一平太と妙枝が待っていた。

「その歳で入道になったか一平太」

「おぬしこそ、死体になって出てきたな」

清亮は万一の露見にそなえて、まっさらの白装束である。

「すっかり暗くなるまで、ここで待っておいでなさい。この廊下の先が奥御殿になっております。火の用心の行列が終わったら、廊下からも火が消えます」

「やれやれ、それがしが死んだあかつきには、墓所には何と書かれることやら」

「ははは、大奥で将軍家の側室の腹の上で天晴な討ち死に、だな」

などと、一平太が不安を打ち消すようにわらった。

「しっ、誰か来ます」

静々《しずしず》と歩きながら、三人の奥女中たちが蚊遣《かや》りの線香を抱え持っている。

妙枝が声をひそめた。

「ほれ、あの御所《ごしょ》風のおすべらかし髪と西陣織の小袖が、京からくだった者たちです。何か長局《ながつぼね》の界隈に自分たちの知らない動きはないかと、この時分には、ああして歩きまわっておるという」

「ほう、美しいですねぇ、さすがに京女のお歴々」

と、一平太は喜色満面である。

清亮は生きた心地がしなかった。いまにも発見され、甲高い声で「出合え！狼藉者じゃ」などと叫ばれるのではないかと。

「何をビクついておいでです。わらわを二人で犯したときの性根を見せなさい。

二人とも、こちに」

と、妙枝が手灯りのある場所にみちびいた。何やら懐から取り出す様子だ。

「これは南蛮渡来のマカという強壮媚薬に冬虫夏草を混ぜたものです。マカはイスパニアに滅ぼされたインカの薬草じゃという。塗り薬の如意丹とはちがって、これは呑ませるもの。口にふくんで相手に呑ませるがよい」

「自分で呑んでしまったら？」

一平太の声である。

「それはそれでよし。この媚薬を呑めば、たちどころに血の流れが活発になります。とくに、アソコと乳首に血が集まり、もはやまぐわいなしでも昇天させる効能じゃ。そう、触れるだけで女子を逝かせること、あたわざるべからず」

「触れるだけで？」

「そうじゃ。乳を吸い、雛尖《ひなさき》を圧迫しただけで、もんどりうって身悶えるはずです。さすれば、孕ませる確率はこのうえなく高くなるでありましょう」

それは母上のように、身体を開発されつくした女子の場合ではと言いかけて、清亮はその言葉を呑み込んだ。

半刻ほどのち、仮眠していた清亮たちを妙枝がゆり起こした。

「火の用心も終わり、廊下の火が消えましたぞ」

「では、いよいよ？」

「奥御殿の扉が動けば、即座に御中臈の局《つぼね》に知らされます。そこで、一平太どのは廊下の角で待ちうけ、京女どもを控えの間に押し込みなさい。わたくしも手助けしますゆえに」

「わ、わたくしは？」

「清亮どのは、一気呵成にお満流の方の寝所に入り、押し倒して如何なく男を発揮されよ！　家綱公の側室といえども、ゆめゆめ臆すことなかれ」

母親の厳命に、清亮は身体じゅうに力がみなぎるのを感じた。一平太はといえば、もう袈裟のあいだからイチモツを屹立させ、いまにも飛び出さんというありさまだ。

「では、行きます」

と、清亮は媚薬のマカを口にふくんだ。

重たい滑り戸を動かして、奥御殿に入った。そこから先は、三番目の局《つぼね》に目あてのお満流の方が起居しているという。

改修が終わったばかりらしい奥御殿は建材の質も高く、御簾《みす》の向こうからよい匂いがしている。高価な香を使っているのだなと清亮は感心した。

三番目の局に入ると、清亮はいったん息を殺して内部を観察した。さいわいにも、侍女はいないようだ。御簾のなかにほんのりとした灯りがともり、白い寝着の女がひとり。

清亮は意を決して、寝所へとにじり寄った。

まだ相手は気づかない。気がついた瞬間には身うごき出来ないように組み敷き、有無を言わさず唇をうばう。いざ！

「はっ」

「お静かに」

ハッキリと、相手の息づかいが聴こえた。つぎの瞬間、清亮は思い描いてきたとおりに相手を組み敷いていた。

唇を合わせると、みずみずしい潤いがそこにあった。舌を絡めて、グッと抱きしめる。喉笛に手をあてて、首すじに舌を這わせた。

唾液が溶け合うような気配ののち、そっと鼻腔を塞いで媚薬を嚥下させる。うまくいった。

「だ、誰なの？」

相手は目を見ひらいている。

「しっ。われは天から来たもの」

「天から？」

それは妙枝に入れ知恵された台詞《せりふ》だった。夢みがちな少女がたどる宵の想いにまぎれ、彼女が見る夢そのものになるのだ。あたかも、今宵読みかけた源氏物語の一帖《じょう》のように。

なすべき事がすべて終わって、寝入った彼女が朝に目ざめるまで、何もなかったかのごとく夢想でなければならない。

「お美しい、天子さまですか？」

「われは天子なり」

もうあれこれと考えている暇はない。一平太のように口から出まかせを言いながら、男を発揮する。つまり、この少女の子壺に精を吐き出さなければ――。

思いきって股間をさぐると、意外にもお満流の方はそこを濡らしていた。ヌルリとした感触で内部をさぐり、お満流の表情を観察した。

「う、ううんっ」

やや苦しそうななかにも、あきらかな悦楽のきざしを感じとった。もう何度か将軍家綱との睦み合いで開発されているのであろう。まもなく悦びの表情が見てとれた。

まだ眠っている乳首を舌先で圧迫し、薄明かりのなかでその色と形状をたしかめる。朱色の浮ぶ清女のそれとはちがって、灰色のなかに薄紅をさしたような気品がある。何度か舌先で突くと、それはプックリと膨らみをみせた。

「んあん、あんっ」

「身体を合わせましょう。姫を天にお連れします」

「天に？　わらわは、極楽へおじゃるのですか？」

「極楽とも、違います。身体の天竺《てんじく》、心の冥土《めいど》にござる」

などと、自分でも言っていることの意味がわからなくなってくる。

おそらく歳のころは同じ。それゆえに、年増女たちとのまぐわいよりも気おくれは感じない。清女とのお互いにわかり合った意気投合ではなく、初めて自分がみちびく新鮮な感触だ。

「んあっ」

ゆっくりとした挿入で、清亮はお満流のなかに入っていた。窮屈な感触は、さすがに若い娘ならではのものだ。魔羅の全体で、その感触を堪能した。

「んっ、むんっ」

その窮屈な接触を愉しみながら、清亮は子壺まで分身をすすめた。コリッとした感触で、突き当たるのがわかった。まもなく、潤沢な蜜液が接触部をおおい、窮屈ななかにも滑らかな摩擦がはじまった。

ヌチョッ、グチョッという淫猥な接合音がひびき、やがてジョッポン、ジュボッと潤沢な摩擦音にかわった。

いっぽう、一平太は豪腕を生かして二人の京女を納戸に押し込んでいた。もう

一人の女中は、妙枝が必死になって押し込めたところだ。

「われらが高厳院《こうげんいん》さまの女中と知っての狼藉か？　ゆるすべからず」

などと、ひときわ美しい西陣織の御中臈が、吐き捨てるように言う。

「何が高厳院さまの女中ですか。亡くなられた御台所の女中なら、そろって頭を

丸めればよいものを。威張り腐って奥女中たちを威圧するとは、言語道断」

と、妙枝も負けていない。

「二人まとめて極楽往生させてやりましょう」

一平太は片手で女中の股間を凌辱するいっぽう、もう片方の手でもう一人の女

中を引き寄せている。そして神業のように手馴れた腰つきで、女体をつらぬいたのだった。

「んあぅ！」

太ももを腰にまわして結び合い、もう一人の女中の股間にしゃぶり付いている。

「一平太どの、マカを呑ませなさい」

「なっ、名前を呼ばないでください。これが露見したあかつきには、拙者はまちがいなく討ち首獄門」

「なんの、骨はひろってさしあげます」

妙枝のほうは、手ごわい中臈の急所に奥まで指を突き入れ、動けなくした状態で豊満な乳房を凌辱しはじめた。強引にマカを呑ませようとしている。

「あんた、子を産んでない乳だね、これは。羨ましいほど形がいいよ。わたくしが形崩れするまで吸ってあげようかね」

「やっ、やめなさいッ！」

「男日照りなんだろ、お前さんたち。ほらっ、どうやら女同士で慰め合うのに慣れておいでだ。奥のほうからドッと溢れてきたよ」

と言いながら、子壺の入り口をグリグリと刺激してゆく。

「ほらもう、堪らないって顔じゃあないか」

一平太は横目でながめながら、妙枝の女体翻弄に驚きを隠せないようだ。女子同士のまぐわいは初めて見る光景なのだろう。責める役と責められる側があるというのは、聞いていたとおりだと得心している。

「ほら、お前たちもやってみないか。こうして、お互いの乳を吸ってみな」

などと、二人の女中にも女子同士の睦み合いを強いる。

「その前に、俺さまと口吸いをしようぜ。極楽浄土の心地にさせてやる」

強引に舌をからめて、インカ産のマカを溶かしてゆく。

「うぐぅ」

「もういっちょ、こっちを向け」

「むぐっ」

強引な口吸いで、屈強なお女中に媚薬を呑み込ませたのだった。

「どうじゃ、その気になってきたか」

お中臈と女同士の格闘を演じていた妙枝も、ようやく相手に媚薬を呑み込ませたらしく、ひと息ついているところだ
「なっ、何を呑ませた?」

「ほほほ、男日照りの女心を素直にする薬じゃ、いまにそなたの淫らな心の内が明らかになろう」

「うぐ……狼藉はゆるさぬ」

などと、言い争う有様だ。

「こっちは始めます」

一平太はみずからも媚薬を呑んでしまっている。もう魔羅が越中から飛び出し、その鎌首は侵入すべき孔を探しているかのようだ。

「あれぇ……っ」

最初に組み敷かれたのは、いちばん若いと思われる女中だった。一気呵成に突入し、ズンズンとお女中の内部を突き上げてゆく。

「一平太どの、ひとりに構うな。二人を同時に」

手空きになった女中に通報されたら万事休すである。妙枝が手をのばしてもうひとりの年嵩《としかさ》の女中の足首をつかんだ。

「こうなったら、縛り上げるのみ」

相手から奪った腰紐を口に咥え、妙枝が必死の形相で女中たちに挑みかかった。

「何をするか、この狼藉者め！」

だが、その女同士の格闘がくり広げられるうちに、お女中たちの身体に変化のきざしがあった。まなこがどんよりと潤み、せつなそうに鼻をひくつかせているのだ。

一平太に組み敷かれている若い女中にいたっては、背中に爪を立てて女の発情に耐えている。ときおり、みずから腰を使って一平太の挿入を迎え入れているのだった。

「ほほほ、効いてきたらしい。日ごろから飢えているうえに、女殺しの媚薬を呑まされたのでは、もう何もできますまい」

と、妙枝がホッとしたようにわらう。

「今宵は大奥の京女たちに、淫らな姿を見せていただきましょうな」

コリッと乳首を摘んでは身悶えするさまを嘲笑し、下腹部に指を伸べては女中たちが雛尖を押しつけてくるのを愉しむ。

「んあぅ、た、堪らぬ」

「な、何とかしてたもれ」

彼女たちが喘ぎながらあらがっているのは、ほかならぬ自分の発情した肉体である。秘奥から燃えさかってくる血の沸騰。それは最も敏感な箇所に集まって沸き立ち、骨をつたわって連動しながら裸身を紅色に染めている。

「は、張り形を」

と叫んだのは、取り澄ましていたはずのお中臈である。

「あらまぁ、お中臈さまにおかれては、張り形を所望じゃ。哀しきかな、大奥女中の男日照り。一平太どの、そっちが終わったらこのお中臈さまを抱いて進ぜよ」

「は、はい。いまこっちも終わります」

「精を吐き出しては駄目ですよ。曼荼羅華を塗ってあるんだから、気をやるのは我慢おし。みずからは我慢のうえ、お女中たちを十二分に満足させるべし」

妙枝は任務に厳しいところをみせる。

三

いっぽう、将軍家綱公のご側室・お満流の方の寝所にしのび込み、畏れ多くも子種を植え付けようとしている石谷清亮は、思わぬ展開に手順を滞らせていた。

「お部屋さま、しっかり。お気をたしかに」

媚薬が効きすぎたのか、おそらく劇薬に耐性のないお満流の方は、清亮の愛撫だけで失神してしまったのである。

「お満流さま、起きてくだされ」

駄目だ、このままの状態で精を子壺に入れても、駄目なのではないだろうか。

威勢はよくても、こうした知識のなさに清亮はみずからの若さを恨んだ。

やむなく、妙枝たちがいる納戸にとって返した。

「母上、一大事にござる」

「何をしておいでじゃ。済んだのかえ？」

と、妙枝が暗闇の中に顔をあげた。

彼女は大奥女中たちに女同士のまぐわい求められて、逆に抵抗しなければならない状態になっている。

「いえ、その……。お方様が、気をうしなってしもうたのです」

「なにーッ！　気をうしなったとな」

それを聴いて、お女中たちも驚いて正気にもどる有様だ。

「それで母上。女子が気をうしなったままで、ちゃんと孕むものかどうか……わたくしにはわからず」

「何ですと？　まだ精を放ってないのですか」

気が動転している清亮は、ありのままを言うしかない。

「精を吐き出してしまっても、いいものかどうか、わからぬもので」

「ええい、世話のやける子よ」

妙枝は舌打ちをするやいなや、清亮の腕を引っぱり立ち上がった。

「わらわが手ずから、種付けを行なわしめん！」


じつは妙枝にも、女体の摂理はわからないことが多い。

これまでの彼女の見聞では、男女ともに合致して絶頂をきわめたときにこそ、神仏の思し召しによって子宝が授かる。その意味では信心と愛情の結ぶところに、新しい生命が宿るのだと思うのである。

だが、彼女自身がそれを実際に体験したわけではない。いつも避妊用のホオズキの汁を頼んで、男を愉しむようなまぐわいしかしていないのだ。

そんな妙枝が体験したのは彼女が十四歳のとき、名は誰にも明かせない人物に男女の手ほどきを受けたすえの受胎である。いまのお満流の方のごとき状態で、記憶もないままに孕まされた結果を知っているだけなのだ。

「眠っていようと、孕むときは孕むのです」

などと、妙枝は先に指南したのとは別の説明を、清亮にほどこすしかなかった。男女が気持ちを合わせて絶頂に至ったときにこそ、孕ませ術がその効果を発揮するはずなのに――。

「では、精を解き放っても？」

「うむぅ。急ぎ、孕ませるべし」

すでに深夜とはいえ、騒ぎ立てていれば他の女中たちにも聞こえかねない。妙枝は急かした。

「清亮、腰を入れて。はよう！」

そう言いながら、みずからはお満流の方の背中を抱いて気付けをしてみる。

「媚薬の加減かもしれぬな。もしや、効き過ぎて昏倒したか？」

「そうではないと思います。たぶん、いったん気をやったときに、卒倒するように気をうしないました」

と、清亮が落ち着いた声で言う。

「そなたがグズグズしておるからじゃ、なぜ姫が気をやった瞬間に精を解き放たなんだのじゃ」

などと、清亮を詰問してみてもはじまらない。

「それ、しっかり突くのじゃ」

「は、はい」

母親がまぐわい中の息子を叱咤し、しかもその相手は主家の側室で寝取りである。世にも珍無類の情景が現出したのである。

「もそっと、つよく突いてごらんなさい」

「はぁ、はあッ」

「それっ！」

母子の必死の努力が通じたのか、お満流の方が気を取りもどした。

「あ、あなた様は？」

「おっほほほ、わらわは天女じゃ。いま、そなたに子を授けんがために舞い降りてきた、吉祥天《きっしょうてん》なり」

「吉祥天さま……？」

「うむ、よき子を産むが良い。こなたは毘沙門天《びしゃもんてん》である。そなたに子種を与ふるために、このような若者のなりをしておる」

「この御方が、毘沙門天さま」

お満流のおどろきは、すぐに喘ぎ声にかわった。

「んむぅ、んあっ、あっ、あ」

ひと心地ついた妙枝は、それでも息子を叱咤してせかす。

「それっ！　お満流どのを悦ばせるのじゃ」

「は、はい」

清亮の腰のうごきが速まり、お満流の表情に喜悦のきざしがあらわれた。

「ふむ。ようやっと、マカの効きめが。清亮、この機をのがすでないぞ」

「んむぅ……」

つぎの瞬間、お満流のひたいに苦悶と喜悦が交叉した。清亮が満を持して精を放つと、お満流の方もギュッと太ももを締めてそれに応えた。

「上々じゃ、清亮。祝着じゃ」

妙枝は安堵とともに、その場にへたり込んだ。

だが、彼女がなかば予想していた最悪の事態が、いままさに忍び寄ろうとしていたのである。

四

妙枝が清亮とともに奥御殿の寝所に行ってしまったので、一平太はお中臈以下三人もの女を相手に孤軍奮闘していた。

媚薬の効果を頼むしかなかったが、発情したお女中たちを満足させるにしたがって、彼は孤立無援の危機を招来するという矛盾を抱えている。

「も、もっとたもれ！　今宵わらわを満足させねば、明日は討ち首が待っておるぞよ」

「へ、へい」

「こっちは蛇の生殺しかえ？　たんと魔羅をおくれ」

若い女中も年嵩の女中も、さらにはお中臈もかさにかかって求めてくる。折り重なるように求めてくるが、肝心のものは一本きりである。

若い女中が一平太の腰に乗ると、御中臈がとんでもないことを言いはじめた。

「いっそ、この者を頭から呑み込んでしまいなさい。そうじゃ、それがよい。ほほほ、胎内の虫を鎮めると同時に、逃げられぬようにしてしまえば、これぞ一挙両得というものよ」

一平太はその意味がすぐにはわからなかった。

「この者は、瓜をまるごと女陰に収めてしまうのだぞえ。そなたの、その瓜型の頭を入れてあげましょう」

見ると、年嵩の女中が濡れそぼった玉門を指でひらき、御中臈が言ったとおり「ここに入れよ」と手招きをしている。

おなごの玉門のなか、生きている胎内に生身の頭を入れるなど、考えもおよばないことに一平太は動転した。

「さぁさぁ、いざ。入れるべし！」

年嵩の女中は子だくさんの経産婦らしく、パックリと玉門をひろげた。

「うへぇ、ぅえぇ」

「瓜実型《うりざね》の頭なれば、無理にも押し込め」

などと、御中臈が力をこめて、一平太の頭を押し込みはじめた。

「うわぁ、息が、うぷっ……」

一平太の頭部が鼻のあたりまで、ズッポリと体内に呑み込まれたのである。

「ほら、呑み込んだぞえ」

「……！　ふがっ……息が、で、きな、い！」

「それもう一度。こんどは口まで呑み込め」

「うぎゃぁ……」

頭部によるまぐわいを反復するうちに、一平太の顔は体液でズルズルにまみれてきた。頭を丸めたのもこれが目的だったかのごとく、ヌメヌメと女蜜で満たされてゆく。

まもなく、そんな騒動が大奥に喧騒をもたらした。床に就《つ》いていた女中たちが騒ぎを聴きつけて、起きだしてきたのだ。賊の侵入にそなえた訓練で鍛えられた取り締まりは、またたくまに大奥全域に達するいきおいだ。

「出合え、出合え！　狼藉者じゃ！　曲者じゃ！」

その声で、大奥の長局が蜂の巣を突ついたような様相に変わった。そこここで「出合え」「曲者じゃ」「戦支度じゃ」などと声があがっている。

なかには湯文字一枚の姿で、大きな乳房を揺らしながら箒《ほうき》を構えている女中もある。

妙枝と清亮も騒動を聴きつけて、あわただしく奥御殿から撤収してきた。見ると、老女中の股ぐらに頭を入れられ、必死に逃げ出そうとしている一平太の姿があった。

「一平太！　何という、そなたは……！」

「たっ、助けてください！」

ようやく一平太を救出したが、女中たちが雑踏をなすいきおいだ。

「狼藉者め、覚悟するがよい」

大薙刀を持ち出してきたのは、くだんのお中臈である。

「われらを愚弄した罪、万死に値する」

ついさっきまで女同士でまぐわっていた妙枝を前に、お中臈は大奥女中の意地を見せつけるように怒気をあらわしている。

「臆するな。あの薙刀は木造りのまがいもの」

だが、多勢に無勢。出張ってきた女中たちはわけもわからず、お中臈の指揮にしたがって突進してきた。

「むぅ、やむなし。引け」

殿中であれば、腰の脇差を抜くわけにもいかない。女中たちは襷がけに鉢巻を締め、おのおの簪《かんざし》を抜いて身構えているのだ。

清亮たちが逃げるところ、いっせいに女中たちが追い駆けてきた。

「それっ、追いかけよ！」

「逃がすなー　勝ち戦じゃ」

の連呼である。

三人が追いつめられたのは、平河門のお堀がもっとも深い淵だった。お堀の向こうにも番役の者たちが散見される。

「泳いで警護が手薄な場所を探しましょう」

「お、俺は泳げないんだが……」

「大丈夫じゃ一平太、暴れなければ浮いていられるし、蓮の茎をつたえば泳がずとも逃げられよう」

「いや、ここで果てましょう。御家に災禍を及ばせられぬ」

妙枝は気丈にも懐から短刀を取り出した。

「もはや、これまでか。母上、おともします」

「いやだ、俺はまだ死にたくない。いやだ」

一平太の命乞いに、清亮も心が動揺した。何とか、生き延びる方法は――？

「心静かに、お聴きなさい。ふたりとも」

と、妙枝が護身用の短刀を片手に言った。

「秋の虫は覚悟をきめて、慫慂《しょうよう》と死に就くもの。雌と雄が心をあわせて卵をつくり、やがて蛹《さなぎ》となった子種が、来る春を待つといいます」

「わたくしは、子種を残して死ぬと？」

「さよう、将軍家ご側室の腹にやどしたのですから、もはや思い残すなかれ。それだけではありませんよ、清亮。そなたの御霊は輪廻転生、ふたたび逢いましょう」

そう言うと、妙枝が短刀を抜いた。

「母上」

死におよんで毅然とした母親のうつくしさに、清亮も迷いを捨てた。

「いざ！」

「うへぇ、やけくそだ。拙者も死にます」

一平太の覚悟を決めた様子に、清亮はひととき瞑目してから脇差を抜いた。妙枝は一気に喉を突く様子だ。

そのとき、駆け寄る足音があった。

「追っ手が！」

と言いかけたとき、妙枝の身体が羽交い絞めにされた。つづいて一平太も、数人に組み伏せられている。

大奥に不法に押し入ったうえ、将軍家側室を寝所において凌辱し、そのはてに胎内に精を放ったとあっては極刑は避けがたい。それも単なる打ち首ではなく、江戸市中引きまわしの上で、刑場に衰弱死するまで晒される。

あるいは御家断絶となるばかりか、一族縁者はもとより、郎党にいたるまで成敗されるかもしれないのだ。

「死なせてください！」

清亮が腹に脇差の切っ先を立てた瞬間だった。ドーンと突き飛ばされて、お堀の淵まで飛ばされていた。

「しっかりしろ、清亮」

その声は伯父の石谷武清だ。

「な、なんと……」

「ご隠居さまからのお達しで、今宵はわれらが番役よ。そなたたちを城外に逃すよう、命じられておる」

「……そ、そうでしたか」

「いま、番役の交代がありますので、われらと一緒に城外へ」

——こうして、清亮と妙枝にくだされた密命は、無事に果たされたのである。

こののち、お満流の方はご懐妊。ところが五代将軍の生誕かと祝福されるも、流産によって子を成すことはなかった。家綱には終生子がなく、五代将軍綱吉が擁立されるまで、幕政がすくなからず混乱をきたしたのは周知のとおり。

終幕

内輪だけで執り行なうとされていた清女の祝言に、清亮は兄の狩衣を借りて参列した。参列したのは、清女の従兄弟では清亮だけである。

いまや仮の父母であることが明らかになった清正と光子、叔母でありながら実母の妙枝と並んでの参列である。

上段には、清女の育ての両親である武清と景子を筆頭に、そのうしろを祖父・貞清が満足そうな笑みを湛えている。その貞清が清亮に命じた。

「清亮。神前に出て、婚儀の祝詞をあげよ。高砂の謡いじゃ」

「ははっ。高砂やぁ、この浦舟に帆をあげてぇ〜なければ〜月もろともに出で潮のぉ——」

ここに居並ぶ女どもをすべて平らげた、いや彼女たちと結び合った自信がかえって、清亮を控えめにふるまわせたものだ。

酒宴もそこそこに、大殿の貞清にうながされて当主の武清が言上した。

「婿殿はこれより、ただちに将軍家の日光参拝の警護役につき、出立の準備にそうらわば、これにて婚儀の宴も散会のよし」


その夜、夫の出立を見送った清女は、麻布の石谷家別邸に向けて籠をゆらした。

そこにはご隠居様である石谷貞清、その娘の妙枝、そしてその息子である清亮が待っていた。清亮の顔をたしかめて、清女は思わず顔をほころばした。

いいや、それればかりではない。清女の育ての母・景子、叔母の光子。さらには清亮の学友を名乗る小暮一平太という同年代の若者が酒を酌み交しているのだった。

「これは……？」

驚いている清女に、大殿・貞清が答えた。

「歴史は夜につくられると、心得るべし。そなたも、もう知っておろう」

「はぁ」

「清亮が待っておるぞ」

さらに貞清が口上した。

「みなの衆、わが一門のこころ安き者たちよ。めでたき婚儀の、いわば二次会の宴じゃ。羽目をはずして愉しむがよい。くつろぎまぐわう部屋はたんと用意してある。うははは、今宵は無礼講じゃ」

すぐに清女は、清亮のもとに走り寄った。育ての母である景子が、なぜか顔を曇らせるのも気にせずに。いまはひたすら、清亮の抱擁が欲しかった。

その清亮はといえば、景子のやさしいなかに射るような刺のある視線や、光子のあきらかに怒気をこめたまなざしに戸惑いながらも、清女の身体を受け止めていた。

女たちのなかで、いかにも平然と穏やかな表情を見せているのは、清女のほかには妙枝ただひとりだけである。彼女はあたかも、この催しを仕切っているがごとくに笑みをたたえている。

その様子を眺めていた大殿がさらに言った。

「景子と光子よ、こちへ。ここに有無を言わさぬ剛の者、女子同士のまぐわいも得手な妙枝もある。清亮と清女はなすがままに、そなたたちも愉しむがよい。無礼講じゃ」

「はぁ」

景子と光子が牽制し合うのを、妙枝が愉しそうに眺めている。

これは、もしかしたら妙枝による石谷一門への復讐？　そうだ、一門の仕打ちに対する彼女の回答だったのかもしれない、と清亮には思えるのだった。大殿にこの宴席を設けさせたのは、まちがいなく妙枝であろう。

わが子を手放さなければならなかった不幸な母親にして、大殿の密命を首尾よくこなす隠密であるがゆえに、その大殿に何ごとも要望できる立場。そして一門の泰平楽な嫁たちを、わが子すなわちこの俺が寝取ったことを知ったうえで、そのありさまを眺めたかった——？

だが、その清亮もまだ知らないのだ。そしてこの先も、知らないままかもしれない。

「清亮はまことに、頼もしい働きをしたものじゃ。あのような性術にすぐれた柔よく剛を制する者こそ、天下泰平の世にもとめられるべき人物。のう妙枝、そうは思わぬか」

「それはもう、わらわとあなたさまのお子なればこそ」

という妙枝の囁くような言葉を、清亮は知る由もなかったのだから。

◎書き下ろし

二見文庫

母上《ははうえ》の閨室《ねや》

著者 横山重彦《よこやましげひこ》

発行所 株式会社 二見書房
東京都千代田区三崎町2-18-11
電話 03(3515)2311［営業］
03(3515)2313［編集］
振替 00170-4-2639

印刷 株式会社 堀内印刷所
製本 株式会社 村上製本所

ISBN978-4-576-14085-8
http://www.futami.co.jp/

二見文庫の既刊本

書き下ろし時代官能小説

大奥御典医

YOKOYAMA,Shigehiko

横山重彦

日本橋浜町の町医者・柏原源蔵は、ある日、老中・酒井忠勝から大奥御典医に推挙される。色事に詳しく、女体にも精通した源蔵は大奥に入り、「不夜城」「如意丹」などの薬を駆使して、そこに仕える女たちに自ら房中術をほどこしていく。しかし一方で将軍暗殺の計画が進行していた——。時代官能書き下ろし怒濤のデビュー作!

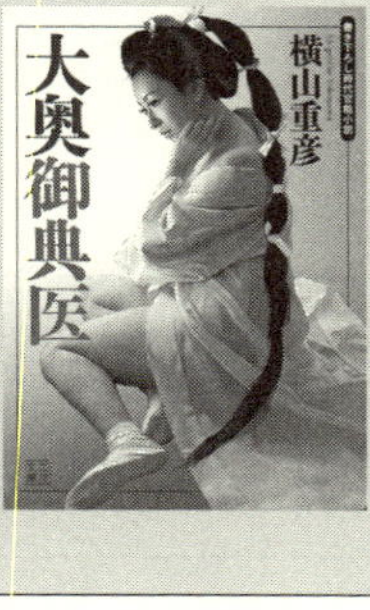

二見文庫の既刊本

書き下ろし時代官能小説

大奥御典医　艶花繚乱

YOKOYAMA,Shigehiko
横山重彦

三代将軍・徳川家光の頃、大奥では側室・お万の方が懐妊したのをめぐり、幕閣や女たち各々の思惑が錯綜していた。大奥御典医・柏原源蔵は、陰謀の渦に巻き込まれながらも、その房中術と秘伝の媚薬で家光正室・鷹司孝子、天樹院(千姫)、春日局たちを快楽の極みへと導いてゆく——。気鋭の作家による時代官能書き下ろし！